冥想

梁龙蜀 著

日日静心的活法

冥想，一种关于快乐、静心、喜悦的生活哲学。

北京时代华文书局

献给妖秀西郎。

目录

Part 1

我的瑜伽往事

我一直相信，Everything happens for a reason（凡事皆有原因）。

任何事件的发生，都有它于“我”的意义，无论看起来是好是坏。在一件又一件事情的向前推进中，我们的生命之轮开始运转，步入新的阶段。

我们往往执着于事件本身，常忽略了它究竟是为什么而来。直到有一天，有机会停下来，回头看看一路走来的印迹，才会突然明白：原来是这样。

这是一种奇妙的感受。

那些越是看起来糟糕透顶的事件，越是蕴含了巨大的生机，伴随奇妙的感受一同而来的，还有难以言说的对生命本身的感动、感恩。这样的感触让正在变得坚强的我们，再次感受到柔软的内在，也才有机会将坚强与柔软融合成坚韧与敏锐，真正由内而外地成长起来。

当走进瑜伽的世界之后，我才明白，这是瑜伽所理解的世界运行法则。

有些抽象?

那就从我的故事开始说起吧。

1

在我的生命中，那个看起来糟透了的事件，是抑郁。

如果你认识我或是读过我之前出版的书，想象着那个印象中的我，大约会问：那个在咖啡馆里听大家说故事、给大家煮咖啡，一脸阳光灿烂笑容的老板娘，也会抑郁吗？

我只想说：连我自己都觉得讽刺。

我也是在许多年之后，才能坦然面对这一段经历。

故事要从2010年开始说起，那时候我是不抑郁的，那一年甚至是我人生中最高光的一年。

我辞去在别人眼中未来可期的在北京的工作，遵照内心想离父母近一些的想法回到成都。喜欢喝咖啡却对咖啡一无所知的“初生牛犊”，真就敢在机缘巧合下开了一家咖啡馆——不是那种提供咖啡、奶茶的铺子，而是要有人情味、有精神内涵的咖啡馆，不期待比肩塞纳河畔的咖啡馆，却也想要成为有温度、能温暖人心的街角咖啡馆，所以取名“17幸福8”，谐音“一起幸福吧”。

开业不到半年，咖啡馆收支平衡，也渐渐汇聚起一群人，用当时附近店家老板的话说：你们家的客人是从外貌和精气神上就可以识别的，比较特别。而当年的许多媒体报道中，都提到这里是成都的文艺青年聚集地，因为隐秘而更显神秘，电影会、读书会、周末集市、以物换物等，仿佛一个小群体建立的“乌托邦”。

来到这里的朋友也很开心，“在这个城市里给灵魂找到一个容纳之处”（摘自后来离开成都的朋友发来的短信描述）。可我并不喜悦，因为我想要建立的“乌托邦”，不是摇曳于社会现实之上的“乌托邦”，而“应该”是根系渐渐粗壮，日复一日年复一年枝繁叶茂的理想花园。

在许多以活动为基础的尝试之后，我被卡住了：咖啡、活动都可以做出不同的种类，变换“花样”，但参与的人数始终有限，怎么能够实现更广泛的影响力，让它从内到外都更上一层楼？每天关店回家后，脑海里都是这些内容在打转，我想找一条出路。

我总在那些想要解决的问题上清晰地感受到自己的拧巴：我宁愿为一场有内容的读书会费心策划，也不想让吵吵闹闹的桌游团队影响到原本更适合咖啡馆的顾客；我固执地拒绝了好多人要注资开分店的提议；行业内有经验的朋友给出的建议都难以说服我，派传单、团购、买榜单……这都不是我想要的。

所以，当老客人们说“这样已经很好了，想那么多干什么”的时候，我只有尴尬地笑笑，我知道梦想照进现实从来不易，但是，一定有路！

然后傻乎乎的我还真就埋头找出路了。

找着找着，我发现并不是我一个人在面对这样的困境。

那时候成都的咖啡馆行业也在经历一个由盛入衰的阶段，许多人因情怀开了一家咖啡馆，一两年后因各种问题关门转让，且不说梦想碎了一地对开创者本人内心的影响，在几轮风里来雨里去的易主风波后，一度火热的“情怀咖啡馆”渐渐被市场上大投资、连锁品牌、标准化服务的咖啡店取代。后续观望者们的内心期望也被冰冷的现实浇灭，小咖啡馆越来越少。一些老板靠餐点养活咖啡馆，一些老板靠其他工作来满足自己日益增长的物质文化需要。梦想的开启原本是为了自由，却不想反而困住了自由，个中艰辛，只有自己知道。

我属于后者，咖啡馆自负盈亏，我有各种工作机会可以养活自己。不过，若不是过往辛苦工作锻炼的多方面技能，若不是我原本就没有很高的物质欲望，若不是我没有那么大的家庭压力，若不是过往在亲朋好友那里积攒的信任让他们没有来轮番碎碎念——我想，我肯定也是撑不下来的。

一边工作，一边经营；一边寻找，一边尝试。几条战线同开，半年多之后，除了小点赞小收获之外，没有更长远的发展预期，身心俱疲，还失落、难过，觉得自己无能为力。许多次想“我不是做生意的料，关掉算了”，然而看见一个又一个推门而入的人眼中的惊喜，收获他们真诚表达的感谢，又实在无法放手——我几乎每晚都在经受内心的挣扎。

有时候实在扛不住了，与朋友坦言正在遭遇的困境，收到对方给予的溺爱般的安慰，或是转移话题分享别的快乐，但这并不能解决我的问题，因为我看起来感性得要命，骨子里却非常理性，我深知：没有解决的问题，从来不会凭空消失。

与此同时，一向对感情迟钝的我，看着周围的人纷纷恋爱、结婚、生子，有“这个年龄应该”的压力，又清楚知道自己没有强烈的找个伴侣的意愿，一个人照顾内心与现实世界的“小花园”，没什么不好。比起陪伴，我更期待一段高质量的关系，即便难度更大，等待的时间更长，也不愿妥协。

2

事业受挫，找不到出路；感情无法将就，希望渺茫。在二十六七岁的年纪，两件人生中最重要的事情都是“失败”，真是对我打击很大的，这些需要个人承受消化。

而压倒我的最后一根稻草，就在友情的篮子里发生了——因为一件鸡毛蒜皮的小事，我跟朋友吵了几句，事情的发展就超出了理性控制。

从小就不爱哭的我，吵架之后，眼泪的开关坏掉了，即便头脑上认为这么点儿事儿有什么好哭的，也仍旧泪如雨下，吓坏了当时在身边的朋友们。

因为工作的关系，习惯于凌晨四点睡觉、几乎从不失眠的我失眠了，没有看见早上的光亮、不把所有精神消耗殆尽，就不能入睡。

白天，我像机器人一般开店、煮咖啡，听着朋友们说起生活中的故事，尽力回应；一个人在店里的时候，望向窗外，转过身就是泪流满面；食不知味，对什么都提不起兴趣，无精打采，注意力难以集中；强烈感受到自己不想见人，想回到一个人的世界——我不能清晰地说明自己究竟在经历什么，却清楚地感知分明的抗拒、分裂，被无力感拖住双脚，动弹不得。

我知道，我生病了。

通常情况，应该去找心理医生挂号了，可要命的是，我是个感冒发烧都不愿吃药的人。我纠结过一段时间要不要去看医生，但最终不知道哪里来的勇气，仅凭清楚知道自己不想死、不求死，就相信还有机会把自己捞起来。

坦白地说，即便到现在，我也不知道这样的信心究竟来源于何处。唯一能够想到的解释是，从小到大，每当遇到问题想不开的时候，就会随心情随手翻阅遇到的与问题全然无关的书，一些摄影集，一些不能完全理解的哲学，一些散文集、诗集、烧脑的小说和剧本，我喜欢柏拉图、泰戈尔、克里希那穆提、玛格丽特·杜拉斯、三毛、赖声川、李欣频……以往零散凭心情录入的无用信息此刻汇聚起来，成为一束光，照亮不知所措的黑暗——没事儿，我只是还没找到活的意义。

有趣的是，当我承认这一点时，整个人反而从紧绷的状态开始放松下来。于是，我又一次开始不管不顾跟随心意阅读《印度生死书》《五十奥义书》《薄伽梵歌》《重新认识你自己》《世界在你心中》《生命之光》……说也奇怪，这个时候，那些与古典印度文化相关的内容仿佛开启了我身体里尘封已久的记忆密码，思维崩塌的大脑从几乎死机，到渐渐复苏，再到海绵一样开始自主吸收，这是一个疯狂的过程！包裹这些内容的文字，又指引我去修习瑜伽，了解这朵自吠陀时代起就一直绽放的印度之花。

慢慢地，我还是没能解开那些解不开的“死结”，它们却不再成为我“必须”立刻解决的问题，我能够接纳它以自己的方式留在我的生命里，整个人从谷底爬起来。

3

讲述这段过去，不代表所有在这个状态的人，都需要自己咬牙死扛，每个人并不相同。但讲述这段过去的意义在于，我自己和后续遇见的客户、学生们，我们都曾在那个谷底，我们走了出来，这一段路，并不容易——却也真的没那么难。

而这些已经发生的，恰恰证实了一件事：生命中，每段经历的发生，都为完成和丰富你而来。

当我整个人的状态调整过来，就凑巧有出版社邀约讲述这一条开咖啡馆之路，我开始一个字一个字敲出这一整个故事，才有了《二三十岁，开间幸福小店》。放下一些过往的纠结，亲见自己可以给出的分享——这一段路，从无法控制地掉泪，到完成自己的过滤仪式，前前后后，整整一年零三个月。

蚕通过吐丝排出身体里多余的氨基酸，我也在这个过程中以文字完成自我清理。

书稿完工后系统学习瑜伽课程，又随心意走入其中与冥想有关的内容，收获颇丰的同时，机缘巧合地将过往头脑中的零星闪光串联起来，“获得”一种全新的“世界观”。我无法清楚描述这一切如何发生，却再也无法忽略内在清晰的声音：

许多问题的出现，是因为我们把它当成问题。

解决问题的方法，除了解决它，还有看清它，放下它。

我有“责任”将这些内容整理出来，分享出去，这是我活着的意义。

也正因为这样，2015年，我把咖啡馆升级成龙门院，致力于个人内在成长，开发出以社会学、瑜伽为基础的“蜕变系列工作坊”，用自然体验的方式让人回归生活实修，开发天赋创造力，享受生命旅程。

我，以及有机缘走入这里的朋友们，在每天的学习和实践中，内心的乌云渐渐消散，阳光一点一点照进来，我们不再惧怕未来可能出现的乌云，因为坚信，阳光一直在。

所以接下来你看到的内容，是我这一路的思考与分享，需要说明的是：

无论阅读、冥想，还是瑜伽，都不是唯一通路，殊途同归。

找到适合自己的，才最重要。

我无法给出“判定”，哪个教派或者流派的冥想更加“正宗”，我更愿意相信，在某种不能言说的原因之下，相似的意识会在人类身上觉醒，然后开始发展，对整个人类社会产生影响。瑜伽文化博大精深，体式练习和冥想都只是其中的一部分，渺小的我无法完全描述，也仍在探索过程中，这样的理解不是唯一，但求抛砖引玉，能让你有所启发，多一层属于你的丰富已经足够。

学习之路，欢迎指正、交流。

Part 2

约你冥想的365天

1

—

82 冥想不是静坐

1 冥想是和自己的亲密约会

平日生活中你如何与自己相处?

每天的生活中又有多少是不分给工作，不分给家人，完全属于你自己的时间？看似简单的问题，回答起来似乎没有那么容易。

我们常常放纵地睡去，只是可惜睡去更像是忘记或放开自己。

清醒温和地与自己相处，是重要的可以给自己的滋养，是爱自己的表现。

比起需要进入状态保持练习的兴趣爱好，冥想操作起来更容易，你只需要坐下来，安静下来，将所有的注意力收回，就是与自己在一起。

2 冥想是最轻松的瑜伽练习

如果身体的基础条件和时间不允许进行日常的瑜伽体式训练，冥想是我们每日可以进行的瑜伽练习方法。

冥想需要一个相对安静的环境，也需要能够让人放松身心的香味（香、熏香、蜡烛等）、音乐（帮助自己平和安静下来），以及一小段不被打扰的时间（初始练习以15分钟为宜），甚至只是放下手机，找个舒服的环境坐下来。

如果快节奏的社会发展无法掌控，我们可以用这15分钟来调整自己的节奏。

3 闭目养神，是对身体的修养

有时候我们的身体很想睡，脑袋却无比兴奋；有时候我们的脑袋想休息，身体却不愿睡去，像个躁动的孩子，不让头脑睡去。

我们看电影，听音乐，起身走走，为了打消疲惫睡意；我们回到温暖的床，找一处舒适的沙发，沉浸在睡梦中，都是一方“战胜”了一方。

下一次，在这样的纠结片刻，还可以尝试闭目养神。找一个舒服的姿势，闭上眼，将注意力慢慢放回到呼吸上，“听见”身体在休息，思维在细微中保持清醒，这就是简单的日常冥想。

4 冥想是让心湖澄清的过程

在瑜伽的世界中，我们是宇宙的创始——“梵”的一部分，“梵”在我们的世界中以各种各样的方式呈现，就好像在每个人的心中，都有一片心湖，天上有云飘过，湖边有树生长，都会在心湖中以倒影的形式映现。

我们常认为有些事很难，要鼓足勇气，或是羡慕那些可以去完成某些事的人，但实际上最需要勇气的，是面对随时与自己在一起的“自己”，或者说，自己内在的真实。

这内在的真实就是内心的一片湖。当思维开始判断好坏的时候，或者要求正能量的时候，像极了心湖被飘过的风吹起，却兀自要保持镇定，那就需要内在出现某种宁静的力量与外在抗衡以维持稳定。

冥想，就是要将注意力拉回心湖中，慢慢放松，放下对抗，柔软下来，去发现、感受内在宁静的流动。

5 所有成长的力量都来自内在

我们时常以为影响一个人的主要原因，是外在环境。

实际那真正“指挥”我们行动的，都来自内在——即便内在的自我“不作为”，它也需要面对及接纳外在环境，让自己顺应环境的大趋势。

在环境中实现自我是这样，我们与自己的交流也如此。我常纠结于外在呈现的选择，但其实每一个选项都在代表内在，真正未想清楚和未能和解的是内在。

我们需要先解决内在的和解与确认，才能更好地应对外在，也是另一种“攘外必先安内”。

冥想，是更清晰地看见这两部分，见证它们敌对、尴尬、和解、携手向前的过程。

6 冥想是与自然联结的渠道

感受一下，怎样的频率是大自然的频率——太阳冉冉升起、一朵花慢慢绽放、溪水哗啦哗啦、一棵树一点一点长高。这所有的过程，尽管都有一个时间的横轴，但在每一分每一秒经过的当下，都慢得让人想要屏住呼吸。

大自然的频率就是如此——缓慢、深长。

当我们与大自然的频率联通的时候，就好像是进入大海都会成为大海的节奏一样。长时间与自然同频，内在的、骨骼的、皮肤的伤痛就会被充满生机并且有力的自然疗愈。

冥想就是与自然联结的渠道。

7 冥想就是你的暂停键

为什么高僧、侠士看起来那么“帅”？尤其在一些重要关头或如临大敌的时候，他们还可以旁若无人，闲庭信步。因为在修炼过程中许多讲求“心法”的部分，都跟内在和冥想中的“静”制造的“空隙”有关。

时间“静”住了，我们看见过去、现在和将来；空间“静”住了，我们得以有机会全方位感受同一个事物，仿佛按下了暂停键。

在这样的空隙中，我们也可以实现转换，从好老板变成好爸爸，从女强人变成好女儿，从一件事到另一件事，软着陆，且保持精力旺盛。

当你能够感受那个“空隙”，奇妙和力量就发生了。

8 为什么进入冥想状态时整个人很清明

一件事件的开头，总会走向一个结果。而任何一个结果，都会开启一轮新的开始。

不是所有的因果都有迹可循，那唯一不变的，是它们之间的相互联系。

当处在事件中，我们往往只关注眼前，或是盯住事件本身，常常很难再去看到事件与事件之间的联系，有时陷入不同事件的同一个循环而不自知。

冥想中学习“停止思维”以及“放下”，可以帮助我们挪到当下之外，发现它与它之间的联系，更深刻洞察这一系列事件出现在“我”生命中的意义。

9 每天花15分钟冥想

平常生活里，忙忙碌碌就是一天，为工作、为理想、为家人、为朋友，看起来都是为了自己，却似乎没有一样是为了自己。

有人说，每天最安心的时候是下班回家把车停进地库还没走出来的那5分钟，因为那是自己的时间。我们是需要给自己时间的。需要时间，也需要被关注，这样自己才会舒服。

而平常那些看似给自己的时间，用来浏览新闻、看电影，无意识间五感和思维都需要保持清醒状态：这不是休息，是消耗。

冥想时，大大方方地给自己时间、关注和爱，这是对自己的滋养。

10 冥想教会我们向内看

当我们仔细审视生活，就会意识到：从幼年开始，我们接受的教育就仅仅止于观察和了解外部世界，从来没有人教导过我们，应当如何向内看，发现和了解内在。因此我们在渴望被别人了解、了解别人的同时，对于自己却是一个陌生人。由于缺乏自我了解和我们的人际关系难以称心如意，生活中也常常充满了无法言说的困惑与失望。

事实上，常规的教育体系只开发了我们大脑的一小部分，而另外负责做梦、睡眠以及存储所有精力的潜意识领域，仍鲜为人知。我们的思维可以掌控整个身体，但身体却不能掌控精神。冥想是一个与潜意识建立联结的桥梁，能帮助我们探索潜意识的未知世界。

当你练习冥想一段时间之后，你会发现，你会越来越容易觉察到自己的潜意识，且越来越清晰，在清晰中生出坚定，而少去许多选择或犹豫的烦恼。

11 冥想是了解内在的机遇

《黄帝内经》讲：通则不痛，痛则不通——身体疾病的发生常常由于小的堵塞疼痛没有被及时觉察，积累之后造成较大的病症。

冥想的过程，是一个自我清理和疏通的过程，将注意力转移到呼吸之后，我们通过对身体器官的关注来卸掉情绪，觉知到薄弱的部分，让痛点不痛，使身体通畅。

如果说药物是外来的手段和方式，冥想则是来自内在的重启、激活和修复。内和外，是两种方式，没有哪一种更好，而是各有优势。

通之后，才有机会积蓄力量，像一个蓄水池，清洗干净之后蓄水，才有机会因为自己的满溢而给予别人。

12 清醒地睡着

遇到一个好的冥想老师，在语音引导中，你会感受到身体的放松与舒适，像睡着一样，但是同时，你的思维是觉醒的，这种感觉很像是：“刚刚舒服地睡了一觉，我还听见了自己打呼噜的声音”。如果真的像你所说，身体已经睡去，器官已经在休息状态，你也睡着了，你又如何能够知道你在打呼噜呢？

身体疲惫需要休息，与保持意识的清醒，并不相悖。

现代人的许多疲惫不堪，与其说是身体上的，不如说是心累带来的情绪压力，需要借由身体的休眠来实现补充，但其实在让自己得到休息这件事上，睡觉不是唯一的方式。

对于身体来说，如果医疗手段是被动的修复，睡觉是自然修复，冥想就可以算作自己启动的有意识修复——你说，哪个效果更好？

当然，对于绝大多数人来说，冥想再好也不能代替睡眠，各司其职，相互促进才好。睡觉前，运用冥想的方法放松身心，有助于提高睡眠质量。

13 冥想和催眠的区别

常有人认为冥想和催眠是一个道理，尤其是那些被老师带领的冥想。实际上，两者有很大的不同：催眠让人舒缓、放松，冥想不是，它是在放松中保持觉知，甚至在瑜伽的体位练习中，体验动态冥想；催眠的好处更多是针对大脑的，可以改善睡眠质量，可以最大限度地激发脑电波，而冥想的好处是针对精神的，那些但凡与精神相关的沉稳、平和、坚韧等都可以通过冥想来改善，催眠则不行；冥想可以有催眠的益处，比如改善睡眠，但催眠无法达到冥想的益处。

所以，即便在最初只需要有催眠效果，也建议你从冥想开始练习，坚持练习，以这样的方式获得更深入的安宁放松。

14 梦里能够给出的答案，冥想时更清晰

有些朋友，尤其做与艺术相关工作的朋友，常将梦理解为“一种神奇的存在”，因为有时候被困扰的内容，在梦中突然就明白了，解开了。

心理学家说，梦是潜意识与我们日常状态的沟通。所以那些重大的提醒，来自潜意识，在梦中出现。

我们冥想，是通过呼吸将心湖调节到没有风吹过的宁静状态，甚至连水都开始因为澄清而安静下来，可以从表面的意识（湖水），看见潜意识（湖底白色的小石头）——让沟通更快速、直接、敏锐。

15 冥想的专注与平常的专注

冥想需要的“专注”同我们平常所说的“专注”是有区别的。

我们平常所说的专注，其实是一种思维方式，将自己的所有注意力集中于一点，或是将所有注意力从其他注意点上转移开来，强行专注于一点。那些从一点转移到另一点的部分里，都含有“不要”，在能量的运用中存在对抗成分。这需要有一个“观察者”（“操作者”）来调动和实现这一切，按照思维需要将所有能量集中于想要关注的一点。

而冥想的专注是一种全观，是一种没有刻意选择的觉知，这份觉知中原本就携带我们所有的能量。分享我很尊敬的心灵导师克里希那穆提在《觉醒与冥想》中对专注的描述：“专注意味着不仅用耳朵去听，而且要用心听。专注还意味着去看、去观察——不仅用眼睛，而且还要用心。专注还意味着学习。观察、倾听、学习，这三者都是专注的内涵。”

16 冥想可以实现能量疗愈

世间万物的起源，来自震动。观察生活中不同的声响、颜色、味道，都对应着身体的不同部位。

如果说不同振动频率的相对稳定汇聚了不同的物种、品类，而“不舒服”的感受则是指这些原本的振动频率被打破了，除了能量层级变低以外，看似高速旋转的紊乱其实虚“高”实“低”。

根据高能量频率能影响和带动低能量频率振动的原理（回忆一下某些部位疼痛的时候我们总是采用热敷的方法就很容易理解了），长期的冥想练习，是通过净化、精进，保持在一个高能量频率的状态，甚至与宇宙本源的能量振动实现更有力的同频，来调整和改善周围人和事物的振动频率。

现在的能量疗愈有光疗愈、晶石疗愈、音乐疗愈、芳香疗愈、手疗愈等，所有的器物都是介质，而运用这些方法的疗愈师大多需要以冥想为自我精进的渠道。

17 忙碌的升级准备，冥想是最佳助力

生活不会总是一片坦途，我们在起伏中感受成长。那些需要跨越的“升级”考试，常需要我们拥有比以往多得多的精力和能力，比如从念书到毕业，比如成为父亲或母亲。

一来过往的平衡被打破需要重新建立；二来你在应对一件过去未曾经历的新挑战；三来过往的一切惯性还在试图固守。

我们分身乏术，又希望能够凝聚心力去成功应对“升级”考试，每天固定的冥想练习可以帮助清空思维里的杂乱，能够借由呼吸和有意识的身心联结而回到自己的中心，能够启动觉察跳脱出思维的局限。同时，还能在一定程度进行正位、伸展和肌肉的练习。

18 一个人的冥想

最初在我们自己不能够进入冥想的状态时，我们可以跟随有经验的老师一同练习，并在老师的指导下尝试进入，感受身心的放松与宁静。

当你已经能够独自进入冥想状态时，多数的练习，都需要在一个人的状态下完成——因为当你闭上双眼，练习冥想，就是对自己的心意、思维、身体进行联结和感知，这时你与外界的人和事都没有关系。

现代社会，每个人都有许多面具，当我们进入某些环境或面对某些人时，很容易激发我们的惯性，而一旦进入惯性，就不是冥想练习所要实现的觉察状态。

所以练习的时候选择一段时间的个人练习，是为了在免除“外界扰乱”的情况下，将所有的关注点回收，回到自己。

19 超越孤独，享受单独

对于冥想练习者来说，独处是一件重要的事，独处并不是让你内心感到孤独，只是让你处在一个人的“单独”状态。当我们在周围建立起一道拒绝的高墙时，我们才是孤独的。

当我们拒绝所有的批评、所有的新思想时，大多因为我们害怕——或许是因为我们曾经被伤害过，受伤的记忆还在，所以我们抵抗这样的再次循环。

我们相信信仰，或者相信其他什么，我们拒绝任何怀疑的意见以及对我们信仰的批评，这时我们也是孤独的。

在这样的孤独中，我们渐渐变得“必须”以自我为中心，用行为鼓励自己，“不需要”感觉与他人的联系，这是绝望的孤独。

不同于孤独，单独是我们每个人都需要的状态，尤其是我们的内心。因为在独处的时候，精神的自由才会还我们一个真实的自我。在独处中，我们体验美好的时光，独处也是灵魂成长的必要空间。

如果我们能够抛下所有东西，找回属于自己的时空，学会纯粹的独处，那么我们就有机会远离所有的影响，无论是渴望、占有、消沉、束缚，还是其他，从而有机会深入自己的灵魂深处，觉察出自己最真实的感受，这样才有机会超越孤独、享受孤独。

20 吃饭与冥想

现代人的生活节奏很快，想让人每天抽点儿时间来冥想，似乎没有什么吸引力。所以不少朋友会选择在饭后脑子转不动的时间，尝试冥想。

实际上，在饿或者饱的状态下，都不适合冥想。甚至在饭前、饭后的一小时之内，都不是冥想的合适时间。

拿吃晚饭来举例子，身体是一个运行细微缜密的“仪器”，当胃部吸收了食物之后，就会集中全身大部分血液、能量来“处理”这些进入身体的食物，自然静坐是可以的，却不适宜练习冥想，因为这样刻意的练习分散了身体的血液、能量正常去往的方向，一来长期这样对胃不好，二来这也违背了冥想顺应自然、满足需要的同时觉察欲望的初衷。

饿了的情况下，比较难以坐得住，如果以“冥想15分钟”就去吃饭作为与自己的交换代价，在不利于健康的同时，也违背了冥想放松、舒展、滋养的本意。

21 情绪波动大的时候不宜冥想

正常生活中，我们的情绪都会依据周围环境或者人、事、物的变化而变化，情绪稳定的人非常难得。

从道理上讲，烦恼都是由思维和想法产生的，冥想的状态能让我们看清这些思维和想法，并且放下它们，回归平静。

但在实际操作中，没有长期持续的冥想练习的积累，很难当知当觉地从情绪中出来，去旁观这一切——而在这种时候，因为冥想的好处而要求自己此刻去冥想的做法，本身就违背了冥想的初衷。那样的冥想，不过是离开了争论的当时当刻，换个环境，而至于能否从情境中出来还是在情境和胡思乱想中越走越远，也与每个人的根性和惯性有关。

最初练习的时候，不要选择那些情绪有波动的时刻练习，尽量在心平气和的时候练习。

22 适合自己才最重要

类似冥想的方法，存在于不同起源的修行文化中，拥有不同的名字和不同的修行路径，但其中惊人的相似之处是：这些技巧无一例外是帮助冥想者抛弃关于过去、现在和未来的想法，将注意力集中到内心的感受上，寻找和体验身心的宁静，在此基础上生出智慧。

由于根性、喜好等的不同，每个人对于教授方法的接收程度并不相同，对于老师引导的要求方式也不尽相同。不要因为某一位老师而排斥某一种冥想的方法，也不要因为一种冥想方法的不适应而排斥冥想这件事。

很难界定哪一种冥想方法最好，也无须花时间去评判好坏再进行修习。在练习过程中，有意识地关注感受的变化，找到适合自己的，别忘了所有的修行方法都是将你带到“门口”，后面的路仍需自己体验。

23 沉浸在冥想的心流中

美国心理学家米哈里·契克森米哈赖提出了一种名为“心流”的理论，指的是一个人将心力完全投入某种活动中的状态。心流的产生会有高度的兴奋和充实感，它不同于刺激带来的短暂兴奋，而是在动机和环境完美结合状态下产生的注意力、动力、环境同时达到最优时候的状态。

比如说，幼年时父母让孩子洗碗，一种是被动、抱怨地完成任务，另一种是创造让自己觉得舒服好玩的方式——左手抛碗，右手接碗，甚至跟随音乐律动跳洗碗舞——后者愉悦享受洗碗的过程，正是心流状态。

沉浸在心流状态，不是取决于你做了什么，而是你选择怎样做。

一如冥想状态中的专注与感官打开，持续地感受、享受过程。

24 冥想是一段旅程

明白冥想是一段旅程。

冥想不是你可以完成的目标，比如试图在工作中获得晋升，将冥想看作实现某个目标的方法和通道更为恰当（即便你的目标是要开悟）。比如在美好的一天漫步的目标是走一公里，是将注意力集中在冥想本身的过程和经验上，不是将日常生活中分散你注意力的欲望和依恋带入你的冥想练习中。

开始时，你不应该过分关注冥想本身的质量。只要你在练习结束时感到更平静、更快乐、更安静，你的冥想就成功了。

25 打造一个冥想角落

冥想是向内的探索方式。为了能够更安宁踏实地向内，我们需要让自己在一个安全并且放松、不被打扰的环境中。

许多人会在家里布置一个安静的角落，放上喜欢并且能够带给自己力量感的物品，一把椅子或是一张瑜伽垫，帮助自己静心。如果你还没有这样的场所，建议你可以现在就动手为自己收拾这样一个地方，就像是你与自己秘密约会的地点。

音乐、熏香、蜡烛不是必备的，你需要根据自己平常的喜好来进行准备。从能量的角度来说，这些都会为你营造某种“场域”，帮助你与外界纷繁的环境区分开来，更好地安住在当下。你也可以把这些理解为一种仪式感，提醒自己这个时间是与自己相处的时间。但所有的准备都需要从你的自身喜好出发，以实现放松为目的。

另外，你需要保持这个地方的干净、整洁，以守护这个你为自己建造的能量场。

26 不建议在床上冥想

尽管许多人觉得在床上最放松舒适，但是我不建议你在床上冥想。

第一，冥想与睡眠虽然都有让人放松、补充“能量”的效果，它们却是两件不同的事。冥想能够带来更深层次的休息，同时训练机敏的觉察力，让心智更加自由。

第二，由于睡眠习惯不同，过软或过硬的床不仅不利于我们进入冥想状态，反而会损害身体健康。

第三，许多人在床上会习惯性想要睡去，而冥想是有觉知的休息，在床上的练习难以保持觉知，也会导致冥想带来的思想清明之后难以入睡。

建议你在瑜伽垫或是专门的坐垫上进行练习。若身体条件不允许，在椅子上也是可以的。

27 脊柱的重要性

脊柱是人体的中轴，起到支撑体重、促成运动、保护脊髓、造血的作用，对人体健康有至关重要的影响。长期不正确的坐姿，或长期保持一种姿势没有伸展放松都容易造成脊柱的多方面问题，如脊柱侧弯、腰肌劳损、颈椎过度弯曲等。

在冥想练习过程中，最重要的一点，是保持我们的脊柱处于“直”的状态。由于脊柱有颈椎和腰椎的自然弯曲，所以无须刻意把身体变成一条直线，但要确保头部、颈部和上半身躯干保持在一条直线上，可以自由地利用横膈膜的运动来帮助呼吸。

我们通过冥想的方式让身体放松，还原和修复脊柱，长时间坚持练习，你将从体态中真实感受到自己的变化。

28 坐姿中需要保护腰椎

在瑜伽冥想的练习中，坐姿的部分我们可以采用散盘、半莲花式、全莲花式的方法进行，但在坐的过程中，注意我们的膝盖需要平于或是低于髋骨，这样才能确保在脊柱直立的过程中，遵从腰椎的自然弧度，在放松中修复，不用为了保持脊柱的直立而损伤腰椎。

不良坐姿导致的腰椎不适，除了没有坐正以外，还有膝盖高于髋骨之后带来的压迫。如果在冥想的时候没有办法保持这一点，可以通过在臀部后侧添加垫子的方式来抬高臀部。

29 瑜伽手印的意义

许多人以为在练习瑜伽时双手摆出的动作只是摆设，但其实这些手印的外相与瑜伽内在的心念有深层的联系，进而构成瑜伽整体的姿势，是瑜伽的另一种表情与语言。

手印，又称印契，是修炼瑜伽时手的姿势，是手部的瑜伽。瑜伽手印象征着特殊的愿力与因缘，会产生特殊的身体与意念的能量，有助于引导人们了解瑜伽世界的奥秘。

每根手指代表怎样的意义呢？

拇指是意志力的象征，代表火；食指是自我的象征，代表被有意识的头脑所控制的能量，代表风；中指象征黑暗力量，常被用于病态表达，代表空；无名指象征灵性力量，接近于自然，代表地；小指被称作谦卑的手指，象征才智得以展现，代表水。

30 常用的三种手印

冥想时，为了让精神进入更深层的安定，我们也需要调整姿势到可以保持一段时间的状态，手印也不例外。

冥想时常用的手印有三种。

智慧手印：双手放在双膝上，掌心向上，大拇指与食指相扣，其余三指自然伸展，保持有觉知而不松散。这个手印能把自身能量与大宇宙的能量融合在一起，可以让人很快进入平静的状态，提升冥想质量。

结定手印：双手掌心向上相叠呈碗状，左手在下，两拇指交接，放于腹部前方。这是一个比较古典的手印，多用于长时间冥想，意味着“空而充满着力量的容器”，是帮助修定悟静的首选手印。

合十手印：双手于胸前合十，手掌间留一些空间，手指伸展，指向上方。这是一个阴阳平衡手印，意味着身体和心灵的合一、大自然和人类的合一。这个手印可以增强专注力。

31 最简单的直角坐姿

因为我们需要稳定自己的身体在冥想状态15分钟或以上（如果可以的话，请从每天15分钟开始），所以一个舒适、稳定的坐姿非常重要。

如果你是零基础，平常也没有盘腿坐的习惯，你可以从直角坐姿开始练习——找一把椅子，注意不要让身体陷在椅子里，臀部稍向边缘坐一下，膝盖、双脚内侧并拢，小腿与大腿呈现90度夹角，上半身与臀部也呈现90度夹角，保持稳定（这样可以确保我们的腰椎回到最初位置）。

相信自己的感受，将脊柱直立，颈椎自然弯曲，头部、颈椎、脊柱在一条直线上（感觉上会有一点点后倾），肩膀放松，双手自然放在双腿上，准备进入冥想。

32 从简易坐开始

如果你的身体柔韧度比较好，可以尝试从简易坐开始进入瑜伽的冥想练习。简易坐是非常简单的坐姿，相对来讲舒适度也较高。

先用垫子垫在臀部下方，给腰椎自然伸展的空间，双脚向前伸直。将右脚弯曲收回放于左大腿根侧，再将左侧小腿弯曲放于右大腿下方即可。双手呈瑜伽智慧手印放于两膝之上，将头、颈、躯干保持在一条直线上，脊柱向上伸展，保持肩膀、手臂的放松，可以匀畅呼吸，这样就可以开始冥想练习了。

简易坐除了习练难度低之外，还有利于股、踝关节变得灵活。

33 莲花坐，内心喜悦盛开

在身体有一定的练习基础之后，推荐大家采用莲花坐的坐姿进行瑜伽的冥想练习，因为这个姿势更有利于直身端坐，使呼吸系统毫不受阻，利于引发更为有利的呼吸。

半莲花坐：坐在瑜伽垫上，双腿并拢向前伸直，左小腿弯曲，将左脚跟放在右大腿根处，屈右膝，收回右腿，放于左腿下方。髋部外旋，尽量让双膝贴放在地面上，双手呈瑜伽的智慧手印放于两膝上。

莲花坐：坐在瑜伽垫上，两腿并拢向前，弯曲右小腿，髋部外旋，右脚跟放于左大腿根部，脚心向上，再将左小腿弯曲收回，将左脚放在右大腿上面，脚心向上。尽量让双膝贴放在地面上，肩背平直，下颌微收，智慧手印，准备开始冥想。（注意：莲花坐坐姿难于半莲花坐，需要一段时间练习之后才能实现。无论半莲花坐还是莲花坐，最初由于身体的不适应而导致发麻，也是正常现象。随着练习的坚持和深入，这些情况都将得到缓解。）

这样的坐姿尽管导致流向下半身的血液减少了，却和在椅子上的普通坐姿不同，不会发生充血现象，有助于使人的身体进入稳定而安宁的状态，保持思维的活跃与警觉。

34 宇宙的起点——OM

在瑜伽的世界里，宇宙的起源是星球中微微的、嗡嗡的声响，这些声响来自物体能量的频率发出的音波，后来这些音律像滚雪球一样，越积累越强大，能量越强，包括生物在内的很多事物便诞生了。

“OM”就是这最初原始的震动声音，还有人写作“AUM”。

当我们念诵“OM”的时候，我们就是在以这样的方式，回到最初，回到起点，无论我们出发了多久，走了多远，那个“最初”一直在，所以当我们能够再一次识别它、遇见它的时候，我们也在以这样的方式找回自己。

当你非常疲惫的时候，也可以通过这样的方式调整内在，与宇宙和自然联结在一起，在感受更广大的平静安宁中，重拾力量。

35 仪式感

有人觉得仪式感是装模作样的一件事，我觉得不无道理——但那是别人在看有仪式感的这个人。而对于正在进行仪式感的那个人来说，我们正在用仪式感让自己彻底明了：我要进入一个新的状态了。

在家里建立一个瑜伽冥想台，准备好自己的身体（头、颈、脊柱在一条直线，膝盖低于髋骨，坐稳），这都是仪式感的一部分。这些准备工作做好之后，用这个姿势启动每日的冥想：

双手合十于胸前（中间留空，感受谦卑）；呼气，整理心境，调整呼吸道；深深吸一口气，如果可以，尽量到达腹部；呼气，嘴部微张，念诵“OM”；吸气，呼气念“OM”三次。双手放回到双膝上，呈瑜伽智慧手印。开始冥想。

36 从呼吸开始

当我们已经做完三次深呼吸的“OM”唱诵之后，将双手放在双膝上，掌心向上，智慧手印，再次确保头、颈、脊柱在一条直线上，下巴微收，轻轻闭上双眼。

深深吸一口气，将所有的注意力放在自己的呼吸上，感受呼吸经过喉咙、胸腔、腹部，感受每一次呼吸与前次呼吸的细微不同，感受身体因为专注而安静下来的稳定，感受每一寸肌肤、骨骼、器官的放松和它们的“呼吸”。

保持在这样缓慢深长的呼吸中。

37 扫描你的身体

在经历了前面的呼吸练习之后，通常10分钟左右就会慢慢进入只有呼吸的状态。

感受呼吸是我们的内在与外界进行能量交换的“阀门”，每一次吸气，是能量的摄入，每一次呼气，是压力和焦虑的释放。

当可以稳定在这样的状态，再慢慢用意念扫描身体。

稳定深长的呼吸就是疗愈的力量。

从双脚开始，脚尖—脚心—脚背—脚踝—小腿—膝关节—大腿—髋部—骨盆里的器官—腰腹—腰腹的内部器官—胸腔—胸腔内的器官—肩膀—大臂—手肘—小臂—手腕—手心—手指尖—手背—手腕—小臂—手肘—大臂—肩膀—背部（自上而下）—背部（自下而上）—肩膀—颈部—牙齿—嘴唇—脸颊—鼻翼—眼睑—眉毛—额头（尤其双眉中间第三眼的位置）—头顶（皮肤、毛发）—整体。

我们可以以这样的方式，重新建立与身体的联结。

38 感受身体的紧张

当我们在扫描身体的时候，很容易感受到平时不曾感受或是容易忽略的紧张，比如脚背、脚踝，或是腰椎、颈椎，还有肩膀。

这种紧张分成两种状况：一种是由于平常不曾这样“关注”过它，像极了幼年时你仰慕的对象突然回头看了你一眼，一个微笑，你就会心跳加速紧张；还有一种，是由于平常不曾以这样的方式“放松”着，让身体跟呼吸联结在一起，产生了“与以往不同”的紧张。

无论是上面哪一种，当你在冥想中感受到这一切的时候，请记得：新的循环的建立，新的与身体沟通方式的建立，需要时间，也需要你脚踏实地去实现这一切，所以如果你感受到了这些部位的紧张，请别着急略过它，将呼吸带入那个紧张的部位，放慢呼吸——想象每一次呼气就是排出压力与紧张，而每一次吸气则是带入新的能量，让它得到滋养、放松，重新强壮起来。

由于不常以这样的方式坐着而带来的各种酸痛感，随着练习时间的加长，这些“症状”都会得到缓解，你会越来越感受到紧张之后全然的放松，这也是在为我们进入冥想状态扫除身体的障碍。

39 冥想时痛的体验

通常意义上我们所说的冥想，大约都有一个姿势，即“静坐”。即便双腿是按照自己觉得舒服的方式进行盘坐，如果没有经过长时间的练习，也很容易在进行阶段性长时间冥想时，成为下一阶段的障碍。

绝大多数情况下，我们会从15分钟开始，逐渐尝试延展到20分钟、30分钟、40分钟，乃至1个小时。

如果身体没有做好准备，我们在冥想的过程中就常会有痛的感受，尤其那些平日里过度紧张或无法紧张的部分，都在冥想过程中更容易被觉察到。

如果按照惯性，痛了，我们就想解决，调整姿态——这恰恰是被痛牵着走的。所以如果过程中出现这样的感受，尝试面对它，如实体验它，引入呼吸放松它，才有可能“穿越”它，从痛体验到乐，或者“无”。

40 冥想时身体的其他反应

很多人都会在最初练习打坐的时候发现身体的这几种状况：痛、

麻、酸、痒（此处分享借鉴了圣严法师关于打坐反应的说法）。

痛——头痛和心痛基本是真的有病，其他的比如腿痛、腰痛、肚子痛都属于正常现象；麻——通常发生在腿部，一种是站起来时觉得两条腿不是自己的，另一种是腿上的一块皮肤有被麻痹的感觉；酸——通常发生在腰部或者关节部位，像平常使用过度的酸胀的感受；痒——皮肤痒，或者是骨头痒。

以上都是冥想时会出现的正常状况，都不用紧张，痛、麻、酸的部分，通常在一段时间的轻微按摩之后会有效缓解。而痒的部分，皮肤痒通常是在通过毛孔将体内的浊气或油垢排出，骨头痒则是经络的气脉不顺，不用去管它，一段时间之后，这样的感受也会自行消失，代表着你身体的净化和经络的畅通运行。

41 你不是念头，念头也不是你

在开始冥想练习的时候，经常发生这样的情况，当我们需要将心意集中在呼吸上的时候，这件事情似乎“还比较容易做到”，即便一瞬间心意飘散出去了，突然反应过来的时候，我们也可以尝试着再次将注意力拉回到呼吸上，因为我们清楚地知道，此刻呼吸是主线。

但当呼吸稳定，我们不再需要将心意约束的时候，一切似乎变得复杂起来，头脑中开始像平日一样，升起许多念头，从一个点，快速跳到另一个点，甚至比平日里速度还要快，且更加无所顾忌——可能只是天气冷了，就跳到糖葫芦、北京、某一年、某一个事件……乐此不疲，像是一场头脑或思维的狂欢。

如果在这条路上跑下去了，就不是冥想。

冥想也在经历这一场狂欢，所不同的是，它不是参与其中的人，而是看见这一切正在发生的“旁观者”。

想法，总在无所准备中就添加了许多主观意念。

旁观者的观察，总能比当事人更全面、更客观、更容易接近“真相”。

念头在你头脑中升起，却不是你。

你是念头发生的所在，你是能够觉察到这一切的那个存在。

42 进入冥想的状态

许多人常常好奇，怎么才算是进入了冥想的状态？

我们先来说说“梵”。在古代印度人的认知体系中，梵是至高无上的存在，是宇宙和万物的本源，瑜伽是帮助我们实现“与梵合一”的重要通道，通过瑜伽制戒、内制、体式、呼吸、制感、专注、冥想、三摩地的层级练习，可以最终与梵合一。如果世间万物是从梵演化而来，那么我们也是。

只是由于不同的成分、不同的排列组合方式成了此刻独一无二的你，除却别人眼中的你和自己眼中的你，你是广袤宇宙中一个小小的部分。世界更高一级的存在通过你运行起来——你是通道，你与万物相连，你就是万物，万物就是你，无喜无悲，无快无慢，你就是存在本身。

冥想之所以能够给人的身心灵带来滋养，正是因为在这个阶段我们重新与“母体”相联结，获得最初最纯粹、最原本的能量。

43 冥想中的观想是怎样一回事

很多人家里的冥想台上，总会有一个固定出现的形象，尤其是在那些有宗教信仰的人那里，有些是佛陀，有些是观音，有些是上师画像。

人们往往和自己觉得有联系的更大力量的存在以供奉的形式实现联结。久而久之，那一位“神圣”的形象会更形象具体，对于总会遇到困难的普通人来说，相信“神圣”会给予帮助，具有某种难以言说的安全感——这种信念本身就蕴含力量。

不同的“神圣”之门有不同的世界观或修习法门，虽然描述的是同一个世界，却有不同的路径和重点。联结，是走上一条“自己选择”的修习的路。

冥想中有“神圣人物”的观想，由于人的“清净”，更容易实现联结。所以如果有宗教信仰，可以在冥想的时候尝试在第三眼的位置观想，来与更高能量联结。

44 缓解视觉疲劳的冥想练习

现代社会，眼睛要不断抓取周围变化的信息，适应电脑、手机等各类屏幕，所以需要冥想的滋养。

选择一个远离屏幕的环境，光线较暗，或坐，或站，或躺。稳定后，需要先尝试呼吸练习，让全身渐渐放松下来，然后轻轻闭上双眼。将双手扣放在眼皮上，轻轻地，掌心向内，感受眼皮接触到的手心的温度，让双眼沉浸在黑暗中。

当眼睛适应黑暗时，开始观想一片叶子，从树枝上呈现出的这一片叶子，嫩绿的颜色，清晰的叶脉，甚至叶子周围淡黄色光线，整洁而有生命力。

观想双眼距离叶子越来越近，甚至走进它，融入它，眼帘里是一整片绿色，慢慢呼吸。

三分钟后，轻轻放下双手，缓慢睁开双眼，适应光线。

45 观想首饰，进入冥想

现在许多人都有戴首饰的习惯，或是喜欢的项链，或是喜欢的手串。因为戴得久了，便渐渐与自己的身体、生命联结在一起。

找一处安静、不被打扰的空间，轻轻闭上眼，从深呼吸进入冥想状态。想象着，你平常最喜欢的首饰，渐渐开始闪耀灵巧的白色光芒，以缓慢的节奏旋转着，逐渐变大，大到渐渐将你圈在中央，以它的白色光芒给予你：温柔的滋养，平和的力量。当整个人像泡温泉一样沉浸在这串首饰带来的宁静气场中时，你会得到深度休息。

这也是我建议大家佩戴天然首饰的原因。

46 观想雪花会带来清凉

炎热的时候，城市人的习惯性反应是开空调，吹风扇，希望借由外界环境的改变来调节自身感受——看起来，只需要按一下遥控器，然后就不需要做什么了。

换个角度想，我们的身体在外界高温状态下，需要自动调节适应，进入房间里，在短时间内又要调整适应温度变化，来回循环往复，其实是在损耗身体。

换个思路，当你感受到热，找个阴凉的地方坐下来，闭上眼，将注意力关注在呼吸上，并尝试将它放慢下来。观想在眉心的位置，零星开始有雪花飘落，一片一片的，然后渐渐，你看向其中一片，六棱形的雪花向周围伸展，每一条棱柱又彼此相连，在缓慢旋转，掉落。

心静，自然凉。

47 冥想中的观者与被观之物

在冥想练习中，我们借由呼吸开始将关注点向内调整，尝试将所有的知觉回收，来感受内在。

我们发现气息经由鼻孔进入，感受到胸腔的起伏跳动和腹腔的变化，甚至可以感受到血液在身体的流动，心脏的跳动。我们“看见”头脑中出现的念头。这个“我们”是谁？

向内的旅程是开启觉察，觉察开启的重要过程之一就是区分观者与被观之物。观者是我们，被观之物还是我们，但两者又有明确的区别。

在《瑜伽经》中，称观者为“真实自我”，称被观之物为“本性”。

48 观者与被观之物是什么关系

在冥想过程中，绝大多数时间，我们会发现观者与被观之物是一体的，它们存在于同一个身体中。

《瑜伽经》认为，被观之物，因为观者而存在。如何理解这句话？我们可以从对外部世界的探索中，来了解这两者之间的关系，因为除了向外与向内的角度不同，其他都相似，以外在的关系来理解，更容易分清观者与被观之物。

当我们在看树的时候，树客观存在，但有多少人能够感受一直存在于上下班途中的这棵树——在很多人的主观印象中，它不见得就是存在的。而在那些“允许”它进入心的人眼中，它是存在的，一些人看到的是春天的绿，一些人看到的是秋叶渐浓，因为人的不同，而“它”不尽然是同一个。

换回到我们自己身上来说，被观之物（本性）的存在，是为了让观者（真实自我）去发现、了解，而且因为观者练习程度的不同，对于被观之物的了解范围及深浅也不同。

这也说明，为什么在冥想中我们越来越了解真实的自己。

49 练习冥想一段时间之后的烦恼

练习冥想一段时间之后，通常会有三种烦恼。

第一种，身体能够坐住了之后，没有更多新的感受出现，也不知道会有什么新的感受出现，似乎每天的练习无意义。

第二种，问过许多人，读过许多书，大约知道下一阶段是怎样的状态，却在练习过程当中，难以觉察进步，进入新阶段。

第三种，看似相信老师的引导去学习，却无法理解老师的教导，不断以“标准”怀疑自己，将重心放在“老师”而非自己身上，总想着比对教导，“循规蹈矩”地往前走，在“迷信”老师的掉以轻心和充满怀疑的“不过如此”之间不断摇摆，在做“冥想”这件事，却与冥想背道而驰。

我想说，要有一双敏锐的眼睛、一颗敏锐的心，发现自己与周围环境中微小细致的变化不是一件容易的事。我们通过每天的冥想，精进自己的觉察能力，在足够的量变积累之后，才有质变发生的可能。

上面的三种烦恼还说明一个问题：太着急了！

你需要练习耐心。

50 白噪音的魅力

很多人喜欢在学习或是工作的时候开白噪音作为背景音，帮助自己更好地提高注意力。

所谓白噪音，可以简单理解为同一频段声音的无限重复，像下雨时均匀落下的雨声；像夜晚宁静海边同一节奏拍打的浪花……这种声响被许多实践证明可以在一定程度上起到声音治疗的效果，可以辅助治疗一些神经类的疾病。

还有一些人利用白噪音来把一些可以打断他们正常睡眠的声音弱化。那些夜晚铁道附近的轰隆声，以及狗叫声，甚至你配偶的打鼾声等都可以被白噪音的“屏蔽”功能弱化。

其实，白噪音是来自大自然的声音暗示，是与自然联结的方式，通过不断循环而形成一个固定的“场域”，使里面的一切维持在一种平衡和稳定中。

51 简单的空灵鼓也可进入冥想

空灵鼓是一种2000年之后才产生的新生乐器，因效仿编钟而生，玩法更加多样，用鼓槌或手敲，会有不同的节奏。

如果把人体想象成为一个与外界连通的装置，五官是输入，那么讲话、书写、绘画、音乐都是输出。

而人与世界的联系，除了我们可以在同一个时空、同一种频率下，更重要的是，我们需要经历输入输出的过程，并在这个过程中给予属于自己的“创作”。

所以拿起简单、怎么敲都不刺耳的空灵鼓，找到自己听着喜悦舒心的节奏，无须顾忌音律，重复，再重复，就容易在自己制造的白噪音中进入冥想的状态。

52 音乐冥想，聆听宇宙调和之声

在音乐的包围中，放松自己僵硬的身躯和思想，在安静的音乐中让一切思绪趋于平稳，这也是现代都市人在压力下获得深度休息的最佳途径之一。

在音乐冥想的过程中，不需要遵循固定的设定方式，选择自己觉得舒服、放松和喜爱的音乐，用一个舒适的姿势，专注地听，让音乐如暖流般漫过倦怠的心灵，就能够重拾久违的安宁平和。

开始前最好先通过呼气的方式排除体内浊气，再用鼻子吸气，启动深呼吸，吸收周围的平和喜悦。听音乐的过程中，全身心浸入音乐即可，并且以“感谢”的心情去听——就可以在短时间内放松，恢复精力。

53 在动态中感受冥想

如果已经意识到自己坐不住，或者是阶段性心烦意乱无法静下来冥想的话，还有一些方式是可以让自己在动态中体验冥想的感受的。

为什么在动态过程中也可以感受到冥想的力量？

首先，冥想的核心和目标是感受、觉察内在，在过程中识别、放下思维和想法的幻象，与世界的源头联结。这是核心和目标，不是方式。

其次，没有永远的静止，运动或变化是永恒，而动和静原本是相对的，也相互比对存在，所以我们可以在冥想的“静”中觉察“动”，也可以在某种“动”中感受到“静”。

最后，每个人都是独一无二的个体，喜静和喜动是性格，但也可以理解是进入冥想的两扇不同的门，入门之后，在一个的基础上，感受另一个，并且理解作为整体的它们。

所以坐下来不是冥想唯一的方式，在一定阶段之后，可以尝试感受动态中的冥想。

54 在行走中体验动态冥想

陈坤有一本书叫作《突然就走到了西藏》，里面讲述了他自己在行走过程中的感悟。他每年都做“行走的力量”体验活动，希望更多人可以在行走中感悟自我。

行走，就是动态冥想的一种方式。注意是行走，不是散步。在行走过程中，当我们已经调试好了行走这件事，身体可以直接与环境不断融合，然后在单一、重复的过程中，心意会逐渐沉淀下来，会渐渐清明。当然，这需要一个相对稳定的环境（比如固定的操场、公园便道），也需要一个相对比较长的行走时间（最初以这样的方式练习的时候需要40分钟或以上），方便让身体进入状态。

如果你有过不需要说话的远足或行路经验，相信你可以理解我所说的。如果没有，可以参考大漠、草原中的开车前行，周围的环境非常相似，一直在动——可就在这样的“动”中，你会清晰感受到“静”——两者是一样的道理。

如果你喜欢跑步，那么我会建议你选择在跑步机上跑步，以免除由于跑步而带来的周围环境的快速变化。快速变化的环境，需要保留部分注意力，而这样的“刻意”会阻碍进入冥想状态。

55 多种方式体验动态冥想

以行走为例，我们可以依据简单、重复、需要操作、有相对稳定的规律这几大原则，来看看生活中还有怎样的方式可以体验动态冥想。

传统的手工织布，在不需要加入花纹的前提下，进行简单重复的动作；以简单的针法编织，不需要考虑织对或是织错，只需要双手配合好，以某种动作延续下去；写同一个字，或者画同一个图案，不为练习、不为创作，只是去写去画；双手打磨，如盘珠子一样地打磨，拿着珠串以某种节奏活动，或者只是简单地搓麻绳……

如果觉得好奇，或者感兴趣，都可以试一试，会有安宁、稳定、平和、喜悦的冥想感受。

56 除了动手还可以动口

如果前面的动态冥想方法，你都觉得太麻烦了或是难以激起去试试的兴趣，还有一个最简单的方式可以尝试，也是偷懒的我比较常用的。

找一个相对比较安静的空间，一段不会被人打扰的时间，找到你比较喜欢的一段唱诵音乐，或是佛教里面的各种唱诵版本的“咒”——这些唱诵都是非常简单的重复，跟随这些音乐哼唱，开启单曲循环模式，就可以体验了。

与前面动态冥想的其他方式相似，在最开始，你都需要去“适应”这个旋律或者循环，剩下要做的事，就是在唱颂过程中，去感受自己。

当然，念诵也会起到这样的效果，这也是为什么许多修佛的人在念诵经文或咒的时候，熟悉之后会越来越安静、稳定、有力量。

57 感受宏大壮阔的大自然

你有没有安静地坐在一个地方，观赏日出或者日落？

如果没有这样的经历，就回忆一下，攀上一个高峰之后一览众山小的感觉，或者是登上高楼之后远眺窗外的风景——回忆一下，当宏大和壮美的景色出现在眼前的时候，你是怎样的感受？

有没有一瞬间，你觉得“没有了自己”，整个人全身心融入了这个壮美之中，并且在这种融入中感受到了生命力？

进入冥想状态，经过了沉稳呼吸的关卡，可以看见、放下自己的思维想法之后，就有机会体验自己的这种“空”，与自然融为一体的感受，并且在这样的融入中，获得来自自然的滋养。能够实现这样效果的短时间冥想，对人精神的放松以及身体器官的修复，都有非常好的效果。

58 冥想的练习有助于面对真实的情绪

什么是真实的情绪？

是当人、事、物突然出现的时候，你的最初反应。很多时候，由于现代社会教育、职业的训练，我们常以事情为中心而忘记了自己的感受，所以一天下来，我们会积压一些自己情绪上的能量，尤其是那些不好的部分。而对于这些负面情绪的处理方式，如果不能平缓释放，我们便常常会以抽烟、喝酒等方式释放。

冥想就是一个这样的清理和放下的过程。

如果在冥想中，你已经能够直面这些情绪，感受自己流泪，释放压抑的内在，你将比绝大多数人更有勇气直面生活，从而能真正感受到你的内心：你真正在意的，你期待拥有的，你不舍的，你遗憾的……这些都是为了让你知道如何更好地汲取生活的养分。

不自我折腾，有勇气表达，这是长期的冥想练习带来的智慧与勇敢。

59 如何面对冥想时不愿面对的情感体验

在冥想过程中，总有些内容“跳出来”，阻碍我们运用冥想的能力，这通常是出于恐惧——我们害怕面对心中还没有被自己认可的感受和情感。

回到冥想的本质，我们运用冥想的方法与世界的本源合一，一切所谓的“有”和“没有”都来自同一个源头。所以，没有任何东西能够伤害到我们，我们之所以会陷入困境的泥沼，是因为我们害怕体验自己的感情。

平常生活中，被思维压制的部分，常常在冥想中“自动”跑出来“透气”，提醒你去面对。当我们正视它的存在，才会发现那背后藏着我们真正的需求，比如需要被爱、需要被理解、需要被温柔对待。

前行的目标已经出现，接下来的生活中，就可以以这样的方式对待自己，冥想中，看见、感受，去拥抱，这就是开始。

60 想象那圣洁的白光

在瑜伽的传统中，我们的体式练习也好，冥想也好，都是为了回到本源，与梵合一。世间万物的不同，是组合方式、形态和阶段的不同，万物从自然中生长吸收的道理却是一样的。那些天然的存在比人更具有稳定性和力量，比如水晶。所以在身心灵疗愈的类别中，有一个分支叫作晶石疗愈。

白水晶是晶石疗愈中非常重要的一种，被称为“水晶之王”，拥有净化、纯净、安宁、疗愈的自然力量。

在冥想中，当你异常疲惫，或某个部位需要被关照，你可以采用光冥想的方法。当呼吸进入稳定状态之后，用意念来“呼唤”白光出现，让自己笼罩在白光中，或者是让需要滋养的部位被白光温柔按摩，通过呼吸，让它放松下来，得到休息。

如果很难想象，可以在冥想之前先盯着你身边、手边的白水晶看，观察细节，然后在冥想中想象它的姿态，去感受它。

61 进入不同的维度空间

当冥想练习了一段时间之后，你很有可能在过程中会见到五颜六色的光，会见到某些神奇的人、事、物、图画或者影像，又或者是听到某种声音。

为什么闭上眼仍然看得见？眼睛所见的只是世界的一个维度，闭上眼所见的是另一个维度。有些人见到观音或是某位菩萨，欣喜若狂；有些人见到多年前去世的亲人的面孔；有些人见到清晰的却从来没有见过的人……这些都是会在这个阶段出现的。

但如同最初头脑中各种思维的狂奔一样，这些来自另一个维度的突然遇见也是“过程”，还未到达“终点”。

尽管到达这个维度通常会觉醒，进入更彻底的放松，而见到这一切，觉察到自己见到了这一切，不陷于其中，收回自己的心念，这是冥想的修炼。

62 如何应对冥想中出现的灵动

坚持冥想一段时间之后，由于个人身体的差异，常会有各种“灵异反应”。比如：你“听到”与你亲近的人正在说的一句话，你“看到”某个人在做某事……当你冥想结束后去求证，这些反应被一一应验，你以为自己获得了某种“神力”，开心雀跃。

与佛教修行中“神通”只是其中一个阶段一样，这些灵动反应是在某个时间、地点、环境下你以某种可以感知的方式感受到的能量震动，是“收到”，甚至在最初练习的时候，我们很难区分这是幻象还是“收到”。

所以当有这样的灵动反应发生的时候，感谢自己向这个世界又打开了一些，也记得不要被这些反应“迷惑”。冥想不只是放下情绪、念头，也是放下来自外界的影响，回到自己的核心，稳定下来。

63 冥想中出现的人、事、物是什么意思

世界由许多不同的维度组成，各个维度也以自己的方式存在着、交流着。

冥想过程中出现的思维，要点在于“想”——计划即将到来的，总结已经发生的，这是思维的工作，而不是冥想。

照见思维，放下，回到冥想的核心时，那些无法解释的出现在冥想过程中的人、事、物，可以理解为另一种方式的叫醒或提示。就像那些频繁在你梦里出现的人，总有一些原因在那里。

在判断“为什么”之前先去联系，实现联结，才有机会理解这一切背后的原因，而这，更靠近经历的原本意义。

64 敏感的人需要多练习冥想

一个人敏感，意味着他与这个世界的联结性较好，可以感知到许多不同的内容，加上想象力，他可能非常有创作潜力。而敏感的人需要学习的第一步，是学习区分、学习保护自己。

如何理解“区分”？

因为在当时真切感受到的惊吓、害怕、快乐、雀跃不一定都来自自己，有可能来自环境以及环境中的某个人。

为何要保护自己？

有句方言叫“响鼓不用重锤”，意思是轻微的不同就可以被感知

到，不需要用很重的手段。而当发出者不能识别敏感的人，而用了惯用力道的话，敏感的人会受伤比较深。

冥想是一个很好的过渡和清理过程，在冥想中整理自己的情绪脉络，才有可能在下一次感受到的时候有底气做出区分：这是来自我的吗？

65 适合冥想的时间段

一天之中有两个时间段非常适合冥想：一是早上太阳初升之时，我们可以感知到太阳的能量，开启新的一天；另一个是晚上比较宁静的时间，月光笼罩，清凉的智慧之光，让整个人安静下来，得到滋养。

觉知之火，不是热烈的红，而是如月夜一般的蓝。因为拥有觉知的智慧，人不会冲动或头脑发热，而是稳定的、不慌乱的、缓慢的、坚定的。

月亮与潮汐的关系众所周知，所以常用月亮、大海表达阴性力量的包容、创造、巨大、变化，而月亮本身也带有这样的能量。

在难得的大满月、月全食之时，月亮强大的力量在以自己的方式影响地球磁场，在这样的日子里做冥想，非常有助于接收能量，重新整合自己。

许多人喜欢在农历十五前后冥想，也有类似的意思。

66 破开云雾之后照见了什么

最初开始冥想的时候，我们处于学习的“进入式”，像一个努力学习的孩子接触新的事物，在适应了解一段时间之后，能够感受到身体的恢复与精神的放松，甚至能够跟周围的环境（宇宙）联结在一起，以新的方式感受太阳、月亮、云雾、花朵、树木、河流——然而，这一切并不是避世的乐园。

在冥想中觉察，放下了许多无明、无妄带来的欲望之后，我们才能够识别那些对我们来说珍贵的、内在的真实需求。柔软的内心在触碰到这一切的时候，你就会感受到，这是不需要用语言来解释，语言也解释不了的，你的全身心开始变得真正柔软起来。

在经历了与自然的融合之后，我们能够跳脱“我自己”的局限，从更高的维度看自己、看需求，从而因为不同的心态而做出不同的选择和行动，不做欲望和情绪的奴隶。

67 练习是唯一的路

许多人一开始练习冥想，就期待能够实现某种功效，或者进入冥想状态——心里装着这些着急的期待，冥想就更难进入状态。

瑜伽的体式练习是冥想的辅助和配搭，当跨越了身体上的“障碍”时，你才有机会进入冥想的世界，感受合一的状态，否则会在纠结挣扎中如坐针毡。

由于每个人的身体状态、练习程度不同，没有可供参考的更具体的指导路径，更没有任何捷径可言。

为了进入冥想的花园，你唯一需要做的就是：练习。

68 这两种情况下不适宜冥想

翻阅许多描述冥想效果的案例，我们会发现冥想几乎“无所不能”，从内在的平和到外在的健康，它似乎都能给予。

事实上，通过经年累月的练习，冥想确实可以达到很多效果。

但对初学者来说，有两个时间点不适宜冥想：一是在自己有负面情绪（尤其是有压力）时，二是在吃饱饭之后。

压力状态下初学者难以调用冥想的技能方法，难以“清空”思维，好胜心强一些的人若没有在开始平静下来的话，便会进入新的一轮自我嫌弃中，难以回到平和的状态；而饱饭情况下，更容易睡去而不是冥想。

所以在这两种情况下，深呼吸就可以啦！

69 冥想可以缓解和消除焦虑

1975年，施瓦辛格陷入了焦虑。

那时候的他，作为健美选手，参加了“奥林匹亚先生”大赛，期待能再次夺得健美冠军。同时，顶着多次冠军的荣誉进军影视圈，他感受到了前所未有的压力，每天有太多的事情要处理，很焦虑。

有一天，他在洛杉矶海边遇到了一位冥想老师。老师建议他通过冥想来缓解焦虑——在此之前，他从未接触过冥想，也非常怀疑冥想的效果。带着试一试的心态，他开始了每天两次的冥想训练，早晚各20分钟。

这一练，就是一年。

施瓦辛格说，这一年的冥想训练，改变了他的一生，“不仅焦虑感消失了，我的情绪也比之前更稳定，我不再担忧工作太过繁重，不再将成堆的事情看成麻烦，直到今天，我仍然从冥想中获益”。

70 在冥想中获得直觉的启发

“苹果”这两个字，乔布斯赋予了它新的意义。稍微了解乔布斯的人都知道，他受到了印度瑜伽思想和禅宗思想的深厚影响，生前最喜爱《一个瑜伽行者的自传》和《禅者的初心》。

乔布斯通过不断练习冥想，不断洗涤心灵，抵达一种空境，与此同时，以冥想训练自己的思考和洞察力。乔布斯在做重要抉择时，都会闭目静坐，然后叫属下将相关产品的设计一并放到禅垫周围，冥想之后决定选择哪个，放弃哪个。这样的抉择，靠的是“直觉”。通过这些常人看来匪夷所思的事情，乔布斯保持了头脑的高度敏感性。这种能力来自他高度发达的智能。而这种智能，并不来自分析性、逻辑性的演算，而是在极度清晰明澈的头脑中大量信息瞬间聚合运算的结果——也就是我们所称的“直觉”。

正是这种由冥想带来的直觉，帮助乔布斯获得大量灵感。

71 苏东坡与瑜伽

林语堂所著的《苏东坡传》里记载了苏东坡修习瑜伽冥想的故事。

苏东坡是资深养生达人，他从自己原本体弱多病的弟弟苏辙身上敏锐地发现了瑜伽带来的变化，于是在被贬黄州后也走上了练习瑜伽的道路。他并不纠结于瑜伽“特技”似的身体动作，而将重心放在了运气及咽津，并且调动齿、腹、腰、脊、眼、耳、鼻、脚、心各个部位一同参与其中。

林语堂评论苏东坡的瑜伽术时说道：“中国的修炼者不知道那是瑜伽，称之为‘打坐’，或‘静坐’‘内省’‘冥思’，或是其他佛道两家的名称。自然其他身体扭曲过甚的姿势，如‘孔雀姿’‘鱼姿’，中国学者以其过于费劲，拒而不学，而苏东坡也只是以练几个舒服姿势为满足，这未尝不可以说算是中国对瑜伽的贡献。”

其实，从瑜伽的本真——与身体联结来看，在身体“自愿”的情况下将心意、呼吸和身体联结起来，苏东坡的这种“阴差阳错”更加接近瑜伽追求内在和谐的真谛。

72 其他练习冥想的名人

美国著名主持人奥普拉·温弗瑞（Oprah Winfrey）表示她会每天静坐两次，每次20分钟。同时她还将冥想教师请到自己的哈普公司教授员工冥想。

她这样评价冥想：我觉得整个人变得更完整。我充满了希望、满足和深深的欢乐，因为我知道就算生活疯狂攻击我们，让我们手忙脚乱，我们也依然可以保有不变的平静。

福特汽车董事长比尔·福特在《公司》杂志表示，福特家族的第四代传人、亨利·福特的曾孙——比尔·福特是冥想在商界的超级拥护者。他在接受美国佛学老师杰克·康菲尔德采访时表示，在公司处境艰难的时候，他每天早上都会冥想，并告诉自己要用善良之心度过这一天。他在领导员工时也用善念对待，用冥想来提升自己的善念。

音乐传媒界巨头、德弗·詹姆唱片公司（Def Jam Recordings）的共同创建人、嘻哈大亨西蒙斯也长期练习冥想，并且一直帮助宣传冥想的好处。他说："并不是说你要先相信冥想有效，它才能对你有效。你只是需要花时间去尝试。古老的真理今天依然是真理。""我的建议？就是去进行冥想。"

73 冥想和脉轮

古代东方圣贤发现人体有一些能量中心，在印度传统中，称之为"脉轮"（Chakras），该说法在藏族医学、宗教修行的体系中出现。人体有七个脉轮：海底轮（根轮）、本我轮（腹轮）、太阳神经丛（脐轮）、心轮、喉轮、眉心轮、顶轮，当这七个脉轮实现开启并匀速正向旋转时，一个人的能量状态才能够实现平衡与升级式的增长。

遗憾的是，这七个脉轮不能通过现在一般的医疗设备检验出来，现在也有人通过能量磁场研发专门的脉轮测试仪器。事实上，除了顶轮在头顶上方四指开外的地方以外，其他六个脉轮都在身体中，在脊柱往前的位置上，呈一条直线分布。

许多身体疾病的发生，与该部位的脉轮能量相关，未开启、低频（负能量）转动、高速超负荷（负能量）转动都会引发身体疾病，而通过冥想，我们可以实现身体内部的能量转化，通过冥想的平和力量以合适自己节奏的方式开启、调整低频或高速的脉轮旋转，协调和平衡七个脉轮之间的能量，从而实现自己的心脑合一、身心合一。

同时，由于六个脉轮都在脊柱靠前的地方，冥想中、生活中保持脊柱的中正有助于恢复脉轮的能量，使身体回归健康状态。

74 海底轮，生命活动的基础

海底轮位于七个脉轮的最下方，是中医上说的会阴穴。

海底轮是一个人能量系统的根，所以又称“根轮”。昆达里尼瑜伽学派的学说把这里描绘为“拙火”的存在之处，一旦“拙火”苏醒，便会沿着中脉向上，直至到达顶轮。

从身体层面上来说，海底轮与肾上腺紧密相关。众所周知，肾上腺素调节神经系统的能量、体力和热能，调节肝与肾的氧化排毒以及细胞内部的氧化作用，同时掌管红细胞和白细胞的数量以及免疫系统的免疫程度，维持生命存活。在医院，若病人休克或器官衰竭，急救时常打入肾上腺素，以此来强化身体的生命力。

从心灵层面上来说，海底轮的颜色是深红色，代表着安全感、存在感，决定着我们是否信任自己，是否可以依靠双脚与大地取得联结，是否拥有独自存活在大地之上的能力。

海底轮受阻的人，将无法与大地取得联结，从而充满恐惧与恐慌，无法确定自己是否有能力生存在实际的世界。同时，海底轮受阻将会由于无法获得“力量之源”而影响其他脉轮有力运行。

75 本我轮，能量的源泉

本我轮又叫“腹轮”，也称为“真知轮”“生殖轮”，位于肚脐以下、耻骨上方的骨盆内前部。

从身体层面上来说，本我轮主要与身体的下腹部器官相连：大肠、膀胱、生殖器官。如果说海底轮“土”元素的气质更重一些的话，本我轮则同“水”有着紧密的联系，象征着流动性、灵活性。所以如果身体里除了上述器官出现症状外，体液分泌失调，或是身体的柔韧性出现问题时，多数都是腹轮出现了紊乱。同时，由于腹轮是人体的中心，所以它也控制着运动和平衡感，可以令我们的举止更优雅流畅。

从心灵层面上来说，本我轮是我们“自我”的能量源泉，中国称作的“气”，瑜伽传统中的“prana”都在这里，它是呼吸中的微小物质，通过流动到身体的各个部位，而让人精力充沛。而通过这个“气”，我们开始了解外在的世界，发现那些令我们好奇的东西，再借由身体的探索，收获快乐。所以当我们去做那些想做的事情时，往往整个人是有力气的，是愉悦的。

76 脐轮，第二个能量中心

脐轮，又叫太阳神经丛，位于肚脐之后、脊柱尾部之前，与腹部的各个器官相连，主管消化系统。

从身体层面上来说，胃和肠负责将我们吃入身体的食物转化为能量，来供应头脑及四肢的需要，这是脐轮被称为第二个能量中心的原因。但由于现代社会我们摄入的绝大多数食物都不是纯天然的，所以在消化转化能量的过程中脐轮很容易受到影响，会出现紊乱、失调，比如肠炎、胃病等。

从心灵层面上来说，脐轮代表“火”的能量，包含着“我可以”“我能够”“我相信”“我行动”的巨大力量，也可以简单理解为执行力。无论起因是害怕或是“想要”，“能去做”本身就是脐轮有力量的表现。

想想我们还未出生的时候，就是通过脐带与母亲相连，获得生长需要的能量。脐轮的代表颜色是黄色。

77 心轮，包罗万象

心轮，位于胸骨中央，是下三个脉轮能量向上走的必备“中转站”。

从身体层面上来说，心轮主要负责舒张与收缩、吸纳与释放，尤其关系到胸腔和手臂的动作。我们往往可以通过一个人的胸腔是否打开、双手是否向外“拥抱”来观察这个人与外界的状态：信任或怀疑、放松或谨慎。心轮相应的疾病反射区是胸腔附近的器官，尤其是心脏。

从心灵层面上来说，心轮代表的是接纳、打开、爱的力量。生活中我们遇到的那些充满善意、能够体谅、理解别人的人，大多心轮平衡。心轮也“指挥”呼吸，与外界进行能量交换，所以心轮的有力、正向很重要。

心轮的颜色是绿色，回忆一下当你走入森林时内心感受到的平和喜悦，那就是心轮正常的振动频率，不是雀跃，不是兴奋。

78 喉轮，表达的使者

喉轮位于脖子前方的根部，通常情况下是七个脉轮中最“容易”开启的脉轮，但同样也最容易紊乱。

从身体层面上来说，喉轮掌管喉咙、甲状腺体，以及实现我们与外界真正接触的鼻、嘴（鼻子的气息会经过喉部，经嘴吃进去的食物要通过食道）。而脖子僵硬、喉咙发炎、肩膀僵硬等都是喉轮受阻的先兆。

从心灵层面上来说，喉轮主要负责表达自我，沟通他人，发挥创造性。许多人觉得这是非常简单的事情，但实际非常难，我们是否能够清晰准确地感受到自己，觉察到自己的思考，又是否能够面对，都不是简单的事情，而在这些基础之上，才能发现和创造自己独特的表达。

喉轮是压力阀，用语言或非语言的表达联通外界与我们这些个体，并负责将我们的内在“输出”。喉轮的颜色是天蓝色。

79 眉心轮，洞察和照见心灵

眉心轮，位于双眉中央，就是传说中第三眼的位置。

从身体层面上来说，眉心轮与我们的脑下垂体和内分泌腺体相关，它容许我们表达和确信我们的梦境与想象，影响理解与智慧，与我们的直觉相连。

从心灵层面上来说，眉心轮是我们人体内最后一个脉轮，是一个属灵的脉轮。通过眉心轮的意识，我们可以观察世界、自己发生的一切，保持客观的观察力，有清晰的愿景，在头脑中呈现画面，与灵性经验联结。

当心轮能够平静稳定、喉轮可以准确表达的时候，眉心轮就是真正的智慧出现的地方。眉心轮的颜色是靛蓝色。

80 顶轮，灵魂通往宇宙之门

顶轮的位置有两种说法：一说位于百会穴（或天灵穴），二说在头顶位置往上一寸的体外的位置上。它是七个脉轮中最后一个，也是可以直接与宇宙相通的脉轮。

从身体的层面上来说，顶轮主管我们的脑部、皮肤、神经中枢，也影响荷尔蒙的平衡。传说这里的形象是由一千瓣花瓣组成的人体的能量中心，这个最高的能量中心是我们身体最精微的一个脉轮，当灵性力量上升穿过这个中心的时候，它能唤醒所有神经丛，启发每个神经中心。

从心灵层面上来说，顶轮主要负责协调自身，感受、接纳更大的自然及宇宙的力量。在这个脉轮我们可以超越自我，感悟宇宙合一、天人合一，我们不再有外界和个体的分别，我们和万物也没有分别，我们在万物之中看见“我”，也在“我”中看见万物的真理，明白真理存在于谎言中、快乐存在于痛苦中、自由存在于束缚中，彼此相互联系。

当顶轮未开启的时候，我们常表现出对死亡的恐惧、贪婪、怀疑或否定精神体验，不能觉察精神世界的存在。与此同时，顶轮也是灵感、灵性和信仰的脉轮，关乎价值观、勇气、领导力、博爱、坦诚、解释复杂心灵现象的能力、保持不批判的能力，以及看出广大模式的能力。顶轮的颜色为紫色。

81 除了七轮，还有三脉

七个脉轮，是我们身体的能量中心，如果都能够激活并且保持在平衡状态，我们会见到一个“完整”的和谐的人。

除了七个脉轮之外，在我们的身体中，还有三条脉非常重要，分别是左脉、右脉和中脉，其中以中脉最为重要，七个脉轮都分布在中脉上。当脉轮没有开启的时候，绝大多数人依靠左脉或右脉的能量生活（可类比中医里的七经八脉）。

从身体层面上来说，左脉与右脉分别与我们的左右交感神经相连，中脉与我们的副交感神经相连。可以简单理解为交感神经负责我们平常“运动”状态的身体活动特征，而副交感神经主要负责我们在“安静”状态的身体活动特征。左脉指身体左侧，右脉指身体右侧。

从心灵层面上来说，左脉是阴脉，或月亮脉，掌管着我们的过去、记忆、感受、艺术创造；右脉是阳脉，或太阳脉，掌管着我们的将来、理性逻辑、自我和行动的力量。社会生活中的绝大多数人被两种力量拉扯，形成不同的个体状态。中脉位于脊柱中部，代表此刻、现在、进化和灵性提升，是与宇宙合一的唯一通道，是喜乐之源。平衡左右脉，唤醒和开启脉轮的力量有助于我们打通中脉。

现代瑜伽类别中有一项称为哈达瑜伽，是我们平衡左右脉的重要的方式之一，“哈”代表太阳，“达”代表月亮，也是描述左脉右脉的平衡。

82 为什么脉轮有颜色

在我们生活的这个世界中，万物都拥有自己的颜色，比如：辣椒，红色；天空，蓝色；树叶，绿色；绵羊，白色……这是肉眼可见可识别的颜色。

实际上，每个人由于阶段状态的不同，还会呈现一些难以描述的颜色状态，比如恋爱中的人，呈现出粉红色的气场，比如有些人的头顶被乌云笼罩，印堂发黑……

所以除了把身体用器官来做区分、用器官状态的好坏来描述阶段之外，我们还可以把身体理解为能量综合体，而不同能量的接触会“生成”不同的组合，颜色是这种“结果”的表现形式。

既然有表现，就有某种难以说明原委的“恰当”，如同自然规律。比如，蓝天让人开阔喜悦，乌云让人抑郁难受。回归“本来面目”，才是和谐。

所以身心灵疗愈的一个分支叫晶石疗愈，就是通过不同颜色的水晶振动频率来调节内在的脉轮，实现开启、稳定的帮助作用。这种方法可用，但别忘了主体仍旧是自己。

实际上，在我们生活的这一个可见维度外，还有另外的维度，身心灵的修行介绍依次为：气体、情绪体、智性体、星芒体、气体模型体、天人体、因果体。

83

—

123 欢迎来到瑜伽的世界

83 表达欣赏和感激

瑜伽课结束的时候，师生们会彼此合掌互道一声 Namaste。通常意义上讲，Namaste是尊敬和感谢，换句话说就是欣赏和感激。而欣赏与感激是最好的生活态度。

Namaste由几个印度音所组成：“nama”代表着鞠躬，“as”意味着我，“te”代表你。因此，Namaste意味着“你我互相鞠躬”或“我向你鞠躬”。

当印度人说Namaste时，他们双手合掌，两眼注视对方，弯腰欢迎礼拜对方，心中默念“我内在最珍贵的神性佛性，向你内在至高无上的神性佛性顶礼致敬”。

这个双手合十的动作很容易将我们带入某种程度的心灵软化、平息杂念或者反观另一个心智的频道。

84 体式练习中的身心结合

体式练习的基础动作可以根据脊柱的变化分为前屈、后仰、扭转、倒立、平衡五类。在身体进入相关动作练习的时候，我们可以试着感受自己的状态，并在感受中将身体放松，进一步探索身体的潜能。

前屈：让人平静、冷静、谦卑、有所敬畏；

后仰：减少压抑，增加勇气，得到欢欣鼓舞；

扭转：相信自己，尝试进一步开发自己的潜能；

倒立：学习面对未知的恐惧，赋予身体活力；

平衡：让身体和大脑更紧密地结合，身心合一，并在此基础上增强专注力、协调性和平衡能力。

85 什么是瑜伽

伟大的瑜伽先哲帕坦伽利在《瑜伽经》中记载：约束心灵的变化就是瑜伽。

动作的支配需要心意的引导。所以，在进入瑜伽体式的时候，不是借由“完成”动作来感受身体，而是将心意集中，伴随老师的引导感受身体，再在心意的引导下，尊重自己身体的特性，逐步完成动作。

这个过程，也是觉察、联结、融合、约束心灵的过程。

在与自己的身体建立这样的联结、融合、约束的经验中，与除“我”之外的人、事、物、自然、世界、宇宙建立联系，绽放“我”的意义。

86 瑜伽的意义如何在冥想中体现

瑜伽的本意是联系、结合、束缚。

冥想从外在呈现上来看，是一个人安静地坐着，并没有与外界产生联结、融合、约束。如果你尝试过前面提到的联系，可以感受到，在冥想的时候，我们通过呼吸将关注点从外在的世界转而向内，注意力从外界纷繁的欲望回到自己的身体，在这个过程中，我们的心意与身体有机会结合在一起，这是觉知的开始。而通过对觉知的觉察，我们得以束缚心念及身体的行为。

在冥想时，当呼吸进入稳定的状态，我们时常会“看见”自己升起的种种念头：今天没有做好的事情，明天要做的事情等——觉察这些念头，将注意力从这些念头拉回现在的呼吸，这就是我们束缚心念的基本练习了。

87 冥想和瑜伽是什么关系

冥想和瑜伽有着复杂的关系。

在古老的瑜伽传统中，王瑜伽作为古典瑜伽的集大成者，在其中的八支分法中明确将“冥想”作为第七个修行阶段，为最终与梵合一的三摩地状态做准备。

在现代瑜伽的发展派系中，有一支为“瑜伽语音冥想”，是指通过唱诵或是念诵的方式修习瑜伽。

而在日常的瑜伽体式练习中，正确的练习方法会让人觉察身体感知，让意识与身体重新联结，全然感受瑜伽体式练习中与环境和自然的融合状态，这也是冥想。

88 为什么吃简单自然的食物很重要

叶子是一个整体，除了清晰可见的叶脉，我们甚至可以看见它绿色的呼吸孔。

整棵树是一个整体，我们摸着树干，看见树枝，知道树根深埋；海洋是一个整体，海水在涌动，鱼和各类海洋生物在这里怡然自得地生存；地球是一个整体，我们与自然一起生活在这里；宇宙也是一个整体，一个星球上的生命与其他星球的生命，共存在宇宙里。

在这么大的范围内，一切都在进行能量交换。所以，食用那些自然富有能量的干净食物，会给我们的身体以补充，在饱腹的同时，也带来新的能量，帮助我们进行有益的循环。

89 瑜伽饮食法则

瑜伽练习一段时间之后，如果身体的觉知开始苏醒，我们就会发现身体有清晰的喜好。在瑜伽的体系中，我们把食物分成三种：

悦性：没有任何刺激的，食用后能让人平静的食物，以素食为主；

惰性：满足人体欲望的食物，食用后容易使人发胖，性情忧郁或烦躁不安，包含肉类和刺激性强的食物；

变性：包括各种刺激性强的调味品烹制的食品，或是部分对身体有干扰的素食（白萝卜、辣椒等）。

瑜伽的饮食原则是，多吃悦性食物，少吃变性食物，不吃惰性食物。

90 每个人拥有自己的独特频率和节奏

回头想想自己从小到大遇到的朋友或是现在身边的人，常常发现别人与自己的不同。每个人都拥有属于自己的独特频率和节奏，有些快如闪电，有些慢如蜗牛。

在人与人的交往中，我们借由这些不同和相同来了解自己，了解别人。我们可以在双方了解自己的基础上相互协调、配合，却无法要求对方改变“自己”来配合我们，反之同样。

我们之所以是不同的我们，正因为这些不同组合的差异存在。尊重这种不同，才有机会认识、了解别人，也才有机会更了解自己。

91 能量总在流动

冥想帮助我们将注意力回收，在呼吸、在身体、在念头、在心意上，感受与宇宙、自然合一的状态，感受自己小世界的中心。

如果“我们”是那个不能改变的“不动”，那我们周围的人、事、物，我们的目标，我们的方式方法，都在发生变化，这促使我们螺旋上升。

顺，不能时时；逆，也不可能时时。势，总有高有低。伴随势的沉浮，我们可以踏浪前行。

所以当我们处在一个“没有变化”的环境中，就像尝试堵住湖泊的两头，久而久之，就无法流动了。当这个作为中心的自己开始凝固，周围的人、事、物也似乎以某种方式凝固，这样，生活便失去了活性和鲜美。

92 每一次升级都会经历的蜕变期

如果你尝试过改变某种习惯，就会发现在旧习惯和新习惯之间，有一段时光是“晕眩”的——甚至可以清晰感知到自己在此中间，经历“清晰”的斗争过程，惯性越大，阻抗的时间就越久，新习惯建立需要的时间也越久。

但正是在这个“纠结”“挣扎”的过程中，那个崭新的、更适宜的习惯在一点一滴建立，不是依靠过往的所得拼凑在一起，而是经由自己的筛选，一点一点重新搭建起来，变得更加稳固起来，逐渐丰富，直到新的升级到来。

那些过往我们所“煎熬”的，正是给予我们最多的，它们构成我们生命中踩下去脚印最深的部分，汇聚起来，成为我们的过去和现在，引导我们走向未来。

所以每当我们经历转变，要知道这是必经之路，也要知道它是为了丰富和完善自我而来。

93 找回自己的平衡感

有些人天生平衡感好，善于平衡自己与周围；有些人生来平衡感不好，习惯于一腔热血，一鼓作气。可无论是前者还是后者，他们都有属于自己的平衡。慢的人，享受慢的节奏；快的人，感受快的洒脱。

只是我们从来不在真空环境中，所以有时候一系列事件的发生，会打破我们曾有的平衡，告诉我们需要建立新的平衡。

总要在自己的节奏里才舒适，所以我们在经历的过程中，如果可以的话，尽量再回到自己习惯的节奏里，找回属于自己的平衡。而在这个过程中，我们“驾驭”的能力增强，自己的平衡感也愈加有力。

94 浮生若梦，如果醒来也是一场梦

老庄学派说人生虚妄，浮生若梦，所得所失不过昙花一现、黄粱一梦，或入梦，或从梦中醒来。

在冥想状态下，我们常常从自我、此刻中抽离，“看见”过去曾经发生，此刻正在发生，发现自己造一个梦，让自己入梦——只是我们无法知道，我们是醒着，还是在梦中醒着。

既然不可知，醒与睡无从考证，也不再重要。重要的是，无论在第几重梦境，我们都在好好经历、感受与体验。

这是梦本身携带的美好及可能。

95 内在成长的路上，经验也许是障碍

从孩童开始长大的过程中，我们主动或被动地积累经验，是经验带我们发现坑洞，绕过沼泽，穿过高山和大海。这些显现在外可被验证的内容，成为我们探索外在世界的宝贵工具。

向内，看事件对我们的影响，却是完全不同的一件事，无法“偷

懒”地用已经掌握的方法进行分析——比如前100个人在这个点上都选A，也无法说明第101个人还是会选A，他与前100个人都是一样的，在A与B中选择，A的选中率依旧是50%。

对于个体，经验不起作用——反而因为过往的经验，我们容易先入为主，以为对方会选A，却收获吃惊、大跌眼镜……

所以，做事，善用经验；了解人，放下经验。

96 每一次，都是第一次

我们常愿意接受那些富有创造力的作品，仿佛它符合我们人性深处对未知和新奇的探索。

所以第一次的尝试体验，最惊喜。而第一次的尝试操作，最有创造力，因为没有参照就是全新的体验。

可当第一次变成第二次、第三次、无数次，经验就会在惯性的指导下悄无声息地接管流程，关闭创造力的管道，让事情完成——除非你能够以极大的心力去发现新的、探索新的、收获新的。

也别因回到原点而懊恼，当你不一样时，一切就不一样了。

97 在日复一日的练习中发现乐趣

小时候父母常要帮我们培养兴趣爱好，那时候头脑里觉得重要，却因为被逼迫而很少全力以赴。

长大后，因为自己的选择，我们可以在众多的不同中发现自己喜欢的，并且称其为“我的兴趣爱好”，投入时间精力，甚至可以一个人对着一把吉他、一盘棋、一堆颜料，度过一个下午。

在时间“飞速流逝”的过程中，我们全然与自己的内在面对面——体验兴奋、焦虑、想要更好、实现自我的全过程。

我们就在这个过程中，找到与自己和平相处的方法，找到轻松愉悦的自己。

98 用不同的眼睛看世界

当你看一朵花开，觉得美好，观察它鲜艳的颜色、盛开的姿态和甘做陪衬的绿叶，闻到花香，便是美的体验。

如果是一个孩子，他会如何看？

这朵花拥有太阳一般的颜色，它像极了女孩子的蓬蓬裙，这个花蕊特别适合蜜蜂停靠，等会儿肯定有蜜蜂来。

17世纪的欧洲妇女，将它视为财富的象征，甚至在荷兰一度被用作货币进行交易。

…………

现在再看，还是那一束束黄色郁金香，像一个个伸开的手掌，欢呼雀跃。

这就是在寻常生活中看见创造力的美好。

99 借由环境和音乐，让心去旅行

民以食为天，在匆匆而过的时光里，许多不同风格的饭店的存在，给了吃货们不同风格的味蕾天堂。

古人说“女为悦己者容”，现在常说女性要先学会悦己，通过服装、发型、妆容等给外在加分，这与丰富内在同样重要。

医生说每天听耳机最好不要超过一小时，否则影响听力，但耳机的产生让我们随时随地可以置身在自己想要的声音氛围中。

所以在忙碌的生活中，心想要喘口气，不必苦苦熬到假期，在能力范围内，去一个想去的餐馆、穿休假风格的服装、听想听的音乐，就可以在一定程度上完成心的旅行，收获开心。从某种程度来说，这就是在平淡生活中活得自在随心的智慧。

100 我们一直是自然的一部分

通过了解各个文明的起源，我们会发现人类最初是畏惧自然的，随着认识的不断深化，开始敬畏、模拟，甚至想要控制自然。

如果这是一场比赛，自然与人类是比赛的双方，自然最初占据绝对上风，而人类的力量则后来居上。

早在远古之时，人类就是自然的一部分；五千多年前，人类就向自然中的其他动植物学习，了解自然规律并创立了瑜伽；时至今日，我们仍在不断推进对自然的认知，比如探索宇宙。

我们一直是自然的一部分。

101 美，在人身上是随年龄流动的

比对着年轻一代越来越“标准”的美女长相，20世纪八九十年代的美人们，各有各的美丽姿态。

几十年过去了，再看当初的美人，尽管皱纹爬上脸庞，尽管有柔和的气质包裹个性，当她出现，依旧美得不可方物，是年轻时的延续，又是与年轻时不同的美——能够接纳美的流动，才能呈现不同层次的美——比起那些努力让脸和身材都停留或延缓在某个阶段的“拧”，也许，美从来都与真实相伴。

102 为什么人要做自己擅长的事

生活中我们常会遇到一种人，特别有韧性、有勇气面对自己的“不好”，然后努力调整——

我内向，那我改，我学习主动交流的技巧，我去搭讪；我不喜欢被关注，不行，这样无法成为领导，我改，我思考怎么成为中心……

这都是我们花费时间精力对我们认为重要的、自己不擅长的性格做出的改变，当我们足够“强力”，我们会成为想成为的人，只是成为之后，内在是否感觉开心、幸福?

努力调整，难以说明是否有“修正自己”的念头作怪。如果修正好了，我能更开心更喜欢现在的自己，那也意味着对过去自己的嫌弃和远离。

能够接纳自己的不擅长，并且选择将时间精力花在自己擅长的事情上，是智慧。如何区分，就更需要智慧了。

103 看起来的横切面，实际是纵切面

你的生活里包含什么？

有工作，有父母，有自己每天的小日子，有朋友，还有恋人，甚至孩子……仿佛生活是一个圆，这几样均衡或者不均衡地填满了这个圆。

实际上，停下来想想，对于一个人来说，这些不同的“板块”从来不曾在一个平面上。比如，工作出现状况对你的影响深度，就不及你重视的感情——依照每个人所在意的程度不同，它们对内心造成的影响也不同。

所以了解一个人，不是看他在忙什么（横切面），更需要看到这些在意对他的影响度（纵切面），这才有了你眼前这个相对立体丰富的人。

104 生活的不同侧面相互交织

每个人都是独一无二的个体，所以每个人都有完全属于自己的偏好或倾向，一些人均衡发展，一些人优劣明显。这些不同的侧面交叉在一起，就组成了我们。

我们时常希望找到一个人、一个环境、一个地方，能够接纳这自知或不自知的所有，进行“终于找到你”的倾心分享。而事实是，没有人、没有团队有义务接纳你的所有。

也许，放下自己执着的期待，恰当地有所区分，让精彩的你的不同侧面在不同地方先后绽放，才能让自己和对方舒适地慢慢接纳。

105 生活总有方法提醒你

作为一个渺小的人类，在学习和成长过程中，我们很难直接找到所谓“对”或者适合自己的路，总要摸爬滚打，走些弯路。

只要你在尝试新的事物，没有放弃，没有偷懒，生活就会给予你新的启发、思考。这是顺的部分。

不顺的部分，是有些事、有些人都不一样，你却有几乎如出一辙的感受——若在这一次又一次的经历中，你始终未能醒悟，生活给予你的，将是更深更重的“提示”。那些执着握住杯子不放手的人，只有当滚烫的开水溢出，将双手烫伤才“不得不”松手。

即便如此，生活也是在“帮”你醒过来，以新的、有可能跨越的方式去经历，这就是生活给予我们的智慧。

106 突如其来的悲伤也有意义

绝大多数时候我们喜欢与那些看起来正面的情绪相遇，比如快乐、兴奋、活力四射。而每当遇见那些不那么好的情绪时，我们总习惯性想要让它快点过去，比如悲伤、孤单、无奈、无力。

拿悲伤来说，多数情况下它都是突如其来的，因为一个电影画面，因为一首歌，因为曾经熟悉的场景。

潜入这样的悲伤里，我们会发现所有的悲伤似乎都蕴含了“已经流逝”的状态，所以底色里充满了淡淡的忧伤。

悲伤的同时，不也能够看到自己从过去如何成长为现在的自己吗？回忆一直在，不只时间会化悲伤为美好，曾经的遇见、曾经的经历，何尝不是美好？

107 遇见的，都是恰好需要遇见的

生活中我们常会给自己某种期待，一个月后、一年后、十年后会如何，然后朝这个方向前进。

似乎成为一条基准线——成了，开心；不成，难过，如果仅仅盯着完成，从设定计划的那一刻起，就失去了灵动的自由和更多可能性。

反倒是生活里出现的意料之外，成为促进我们内在成长的重要张力，在来回选择、感受拿起放下中，我们不断成长。

所以遇到那些“怎么会发生在我身上”“为什么”这类事件时，接纳它的发生，问问自己：这件事出现在我的生命中，是要让我明白什么？

108 老天爷会安排好一切

我们时常有美好的期待，然后全力以赴去实现。有时候，我们“孤注一掷”，似乎觉得接下来的结果只有成功，而没有其他——成功了，

我们觉得我们行；没有成功，就一蹶不振。

除开我们在这件事中的能力、意愿、韧性，一个人能够做成一件事，还需要中国古话讲的天时、地利、人和。即便人能够最大程度考虑这一切，最终也只能做到估算，无法起到决定作用。

所以，坦然面对可能的结果，尽人事，听天命。

109 你在这个世界是安全的

年幼时接受的教育是，要好好保护自己，久而久之，我们大脑皮层里留下这样的深深印记：这个世界不安全。

成年之后，许多人用不同的方式应对自己的不安全感：拼命工作、恋爱结婚等。

每个人似乎都不愿被骗、不愿吃亏、期待一切顺利。然而，那些看起来糟糕的经历，都藏着让我们成长的巨大财富，我们又遭受了来自外在世界怎样的危险呢？

自然、世界从来都是向我们敞开怀抱的，而如何选择、走得更远则是智慧的问题，与危险没有本质联系。

我们原本就安全地存在于这个世界上，一直都是。

110 外在世界纷繁复杂，回归自己才有安定

信息爆炸的时代，每一分每一秒都有无限消息传来，我们依据自己

的兴趣爱好、目标等搜索想要的内容，却更加主动地离那些我们未知的东西越来越远。

我们都已经掌握搜索的技能，可是除却要解决的问题之外，没有人来告诉我们要搜索什么。人与机器人之间的技能差别越来越小。

若选择追赶或紧跟这个时刻变化的环境或时代，我们一直跑，一直追，也未必能够追到，而想得却得不到会造成糟糕或烦躁的心情，带来自我的各种负向评价。

唯有回归自己，发现、找到那条自己选择的路，才有方向之下的问题，才有已经拥有的积累，才有此刻的感受。

111 内在的万花筒如何打开

人的内在仿佛一个万花筒，那些发生过的事情，都按照我们对事情的理解而贴上看不见“我”的标签，作为“事实”存在于回忆中。

若这些事情伴随片段发生，只是片段，就是最简单的操作方法。他陪我走过这一段，她陪我走过那一段。这个人的生命轨迹是二维、线性、点对点的——看起来是机器人的思维方式。

但若有一天，他自己打破了这种“程式”，开始将不同的阶段交融混合，这说明他跨越了自己曾经对生活的理解，而更以“本心”参与生活了——生活从来不只一面，我们也需要同时与许多点和面发生联系。

对这个主角而言，意味着他的内在从过去的封闭状态渐渐打开，万花筒开始玩转起来了。

112 内在的成长如何在外在呈现

生活总在匆匆中度过，似乎有太多目标需要完成，所以我们一直在赶路，忙得忘乎所以。

有时候甚至觉得，忙得这么辛苦为什么还要关注内在成长。

其实，内在成长就像一个开关，一旦这个开关启动，一个人的外在就会呈现出与过往完全不同的状态——安静了，踏实了，不忙乱了，渐渐平和、喜悦。

若这些变化更容易被别人发现，自己却无从感受，那内在的成长还在这里呈现：

过往不能理解的歌词，突然就懂了；一直放不下的人，在失望累积之后，放下了；那些轻易得到的，失去了，开始明白努力和珍惜……

113 灵魂与身体，需要你来让他们合一

别以为自己是合一的整体——若真的和谐，我们就不会有各种各样的内在挣扎与矛盾了。

当灵魂苏醒，你能观察到自己的思维和矛盾时，就需要身体升级，以更强的“装备”与已经升级的灵魂“合体”。

有时候我们发烧，用淘汰的方法排毒，清理内在；有时候我们生病，启动身体自愈功能来实现从被动到主动的升级。

只有身体洁净、强健，我们才能绽放内在的力量。

114 自我成长，就是自我找寻

生活中，那些愿意投入时间精力的人，常在传递一种坚定向前的力量，他们闪闪发光，让人动容，仿佛对于他们来说，升级的机遇无处不在。

那些越是在平常生活中看起来是“少数派”的人，越常常让我们产生这种感受——尽管有时候不知道他在证明着什么，希望被承认什么，又或者对他的主张完全不赞同，但并不影响你会认同他的坚定。

有时候我们夸大了迷茫，因为每个人生阶段都有需要找寻的内容，自己也只是其中一部分。有时候我们夸大了人类，因为即使一只猫生下来，也要自我找寻，它们学习吃奶、奔跑、抓老鼠，成为一只猫，然后学习撒娇卖萌、了解人类语言、熟悉环境，成为这个家庭的一员。自我成长，就是自我找寻。

115 仪式感就是人生路上的里程碑

若不是修行人，不讲究因果，我们也可以很轻松地理解开始与结束的关系，一个开始，会导向一个结束，而一个结束，会开启另一个开始。

我们始终处于这样周而复始的循环中。

在这一个又一个无休止的循环往复中，我们每一次身处的“节点”都不相同，仿佛身处全方位空间下不同的时空坐标，同时不同的还有在这些坐标点上的一个又一个我们自己。

仪式感存在的意义，与其说是自我暗示，不如说是在重要的时空坐标上给自己的标记，如同在自己的人生路上树立里程碑，标记我们走来、走向的路。不见得是外在的形式，而是一个给自己的步骤。

越重要的事情，越需要认真给予它仪式感。

116 人生路上过不去的坎儿

每一天总会发生许多事，需要我们面对和解决，我们依照事件的紧急程度和自己的喜好开始排序，逐步解决眼前的“问题”。

如果用力过猛，停下来歇息的时候，就想彻底放松，不愿想，不愿碰，如果不是那些“问题”反复出现，我们甚至都没有发现，这是我们“迈不过去”的坎儿。比如，拥有完成某件事的强烈意愿；比如，真正意义上信任一个人，携手往前走……

时间经过，事件经过，那个人也擦身而过，剩一个仍旧“没有意愿”“不能给予信任携手向前”的自己。

面对这样的坎儿，迈过去，人生就是新开始。

117 放下你最放不下的，就是真正的成长

每一个我们都是如此不同的个体。

带着过往的“惯性”，我们经历着“此刻”，或许总会遇到难以面对的事，但换个角度想，生活总会给我们机会，在同一个路口，换

条路走；而每一次的不能面对使我们回到了原路。

尝试面对那不能面对的，放下那不能放下的，一次两次，内在的改变就发生了。

118 让过去过去，心的力量会重新出现

每个人的现在都由过去构成，每两个人之间的关系，则由两人之间复杂的过去构成，那些越是走入心里的人，就越拥有复杂的过去。

接纳这些复杂的过去，承认它们已经过去，甚至不受思维的捆绑，来到现在，让头脑来帮忙内心，表达那些想表达的，既是对自己的尊重（我表达了），也是在建立与对方真实的联结。

当我们在内心深处让过去过去，心的力量会重新出现，带着博大的爱，在此之中我们会绽放出新的自己，新的旅程也由此开始。

119 看见局限，才有机会腾飞

成长的轨迹中，我们的学习常遵循学习经验、假设、实践、证实的过程，并期待能够准确地“先知先觉”。所以，当我们认为“我们是对的”时，便充满信心、自豪、勇气、满足感。

若验证环节出现“跑偏”的情况，不能依照我们的设计，甚至让我们清晰看见自己的局限，感到突如其来的紧张与不安，这是对于过去未曾获得的“反抗”。

也正因这些经验的局限，我们看见边界，拥有了新的机会，拓展、充实，这里带着兴奋，也蕴含新的腾飞。

120 对世界，给自己，多点儿想象力

世界上每一个民族的文化起源都来自神话，而神话中的自然万物也被赋予神奇的色彩：天、地、风、鹰、蛇、鱼等，仿佛一出又一出精彩的剧。

用科学的方式说，这是早期人类对自然现象进行合理化解释的方式；用宗教的方式说，当我们不能证明他们在，却也没有办法证明他们不在时，世界还有另一个更高维度。

认识的过程没有对错，对或错都是认知在向前推进。

放下对错，放下派别筛选，吸收故事中那丰富的想象力，这就是用思维体验神奇。

121 三种无明困住自由

瑜伽修行过程中的一个阶段是，人会受到自然界三种状态，即愚昧、激情、善良状态的控制和支配，并且希望获得某一特定类型的感官享受。当一个人处于愚昧状态的影响支配下，他可能向往睡眠或被麻醉。当一个人处于激情状态的影响支配下，他可能向往性的享乐。当一个人处于善良状态的影响支配下，他可能享受在公园或自然环境中度过

和平宁静的一天。每个人都受三种状态不同程度的影响，在特定的时刻这三者中总有一种占主要地位。无论处于哪一种，都是在自然界影响支配下呈现的人的欲念，仍受到物质欲念羁绊，无法自由。

瑜伽修行者要实现的目标是，让人在人生的经历中超越愚昧、激情和善良这三种状态，从出生、衰老、死亡这三者的痛苦中解脱，体验生命自身的意义。

122 知道，是做到的前提

要想实现从三种无明状态中解脱，一个人就必须首先坚守住善良状态，而不是依附于愚昧无知或激情状态，原因在于善良状态是摆脱这三种状态的出发点。

想起一句有趣的歌词："小和尚下山去化斋，老和尚有交代，山下的女人是老虎，遇见了千万要躲开。"从"不知"到"知晓"道理，这是学习的过程，而"下山"是在体验的过程中实践道理，让这些从别人那里听来的"知道"成为自己的"做到"。在温室中能够保持单纯善良的品性并不难，因为那是他会的事情，而在五颜六色的社会中，面对多种的诱惑，能够选择单纯善良尤为珍贵，这是不为所动，这也关乎自己内心的有力坚守。"躲开"是老和尚教给小和尚的应对策略，一心向佛、坐怀不乱才是自己的成长目标。

123 时间的意义是什么

信佛的朋友，常拿佛祖说事儿：各种好的、坏的、激动人心的、让人绝望的，佛祖都看着它们经过，再强盛的王朝，几百年过去了，仍旧消散如烟。在无始无终的时光隧道里，人和人类的所有，终将从尘土中来，再回归尘土，时光总会流逝。

在终将消逝中创造，在时间的标记上向前走，意味着什么？

想象在海边用泥沙堆出城堡的孩子，享受建造的快乐，傍晚潮涨，城堡被带回大海，他的快乐和那个消失的城堡，都曾经存在于那个下午。长大之后的他，用自己的年龄，标记那一份快乐、那一场经历——对伟大的时光来说，什么都不是；对他来说，那是他的组成部分。

124

—

133 感受身体，与它联结

124 联结、融合、约束

按照《瑜伽经》里的描述，瑜伽是对身体和心灵的约束。前辈的瑜伽师根据瑜伽的要义将其介绍为三个关键词：联系、结合、束缚，更准确地说，是联结、融合、约束。

从大家都熟知的瑜伽体式说起，用呼吸引导动作，用意识引导伸展，是尝试在现代人的生活节奏中，将意识和我们的身体联结起来。

当我们进入每一个瑜伽动作，就全身心地进入，尝试用意识扫描整个身体的状态、形态，让身体各个部分都调动起来，进入这个“一”的状态，尝试融合。

当无意识的伸展和练习变成有意识的，这就好比打开了我们的“潜力阀门”，在以为自己可以冲往天际的时候，学着控制和约束，精准把握自己的身体。

125 身与心的联结

身体比我们想象的更接近内心和潜意识。

当你在准备一个很重要的考试或目标，通常这个时候你会“很健康”，而当这个目标完成，或是时间节点已到，身体就会发出警报，“强迫”你休息。

休息，是停止。停下来，有机会换个方式，整理过去，以新的方式收获过去不曾有的，不只是内容，更包含思维方式与技能。

就像心情不好的时候，大多数人都会选择吃甜食来平复心情一样，我们的思维和情绪以某种“理所应当”的方式联系在一起。当身体不适，我们找到对应的内容，在冥想中让堵疏通，让痛放松，这就是疗愈。

126 相信身体的感受

有一句开玩笑的话：不听你说了什么，身体总是诚实的。

冥想的时候，由于通过呼吸与自己的身体实现联结，身体会有比较直接的反应呈现，有时候我们纠结究竟是要维持现在冥想的姿态，还是要跟随身体的“提示”呢？

这些提醒究竟是不是身体的提示，在前期我们的觉察力不够敏锐的时候，很难排除因为打破了“舒适”的惯性而想要“偷懒”这种可能性。所以在前期，我建议你听从、跟随身体的引导。

流泪、低头贴向地面、双手合十、想要调整和扭动颈部、放松背部、做出某些特定的手势……这都是会正常发生的情况。如果你的冥想时间是在夜里，那么冥想会帮助你释放白天积压的各种情绪，这些都是“出口”。

只有一点需要提醒，这些“动作”不是为了做动作而做，而是觉察并相信身体的提示，“排出”不良情绪或者“滋养”需要的部分，从而更好更长时间地进入冥想的状态。

127 身体知道答案

吃饭的时候我们的脑海里常出现一个问题：吃什么呢？

然后头脑开始思考，吃这样，或是吃那样，似乎头脑在询问胃的感受——如果它俩语言不通，或是交流不畅，头脑就不会知道。

这个时候，如果不选择问，而只是坐下来认真“听”着，那个想吃的东西就会出现在脑海里，比如茄子、鸡蛋等，仿佛捉迷藏游戏。

身体知道答案，不要问，保持耐心让它慢慢说。

128 紧张或放松，身体告诉你

有时候我们在高强度状态下绷得太久，以至于自己都觉得随时应对紧张是一种常态——当有人建议放松一下时，便很想问对方：怎么放松？

如果说心里的紧张或放松不太容易被观察到，我们也时常忘记观察它，我们可以试着通过观察身体的状态来了解内在。

试想，那些你发自内心愿意与之相处的人，总会带给你放松的感受，你不需要刻意伪装，不需要小心翼翼，只需要不过脑子地呈现内心所想，你的身体也是放松的，兴奋而放松。

而面对那些让你警觉的伙伴时，你会不自觉地神经紧绷，观察着他们的举动，思考着给予回应，都顾不上自己的感受，在紧张的过程中对方也难以看见真实、平衡状态的你，而感受到你的刻意与努力。

身体放轻松，精神和心理也会放轻松，而后者的放松又有助于我们身体的放松，所以多跟让你觉得放松的人相处，这是给自己的滋养。

129 身体知道如何舒适

有一本简单却很神奇的书，叫《水知道答案》，这本书提出水也有自己的喜怒哀乐，而且能感知人类感情，像某种“通感”。

我们不是水，无法对水表达，却可以用身体来感知舒适：坐得久了，就想起来走走；头低得久了，会自然想伸个懒腰，转转脖子；手腕伤了，拿根绳子吊在胸前，不动它，最舒服，好得最快……

身体为什么会知道怎样舒适？

极少数人适合研究为什么，大多数人只要尝试倾听、了解、学习身体对舒适的感知就好，多活动，多伸展，有意识放松，增强那些紧张或薄弱的地方——不用水，我们可以通过身体感知自己。

130 睡眠，让身体“做主”

现代教育许多时候在训练我们的思维，即便那些对语言表达的培养，也仍旧离不开思维的呈现。久而久之，我们的头脑越来越发达，甚至连超快的嘴，有时候也跟不上脑子。

我们也越来越少地询问：你觉得怎么样，你感受到什么……似乎这柔软的问候仅限于最亲近的人之间交流使用。我们对于感受的表达越来越少，渐渐被麻木笼罩，“好像大概差不多这个感觉”。

身体常常被这两部分“奴役”：为理想奋斗，成为情绪的“替罪羔羊”。

睡眠时，心是轻松的，头脑是渐渐停下的，身体重新拿回“操控权”。这是累到极致或是被压迫之后的被动露面。冥想时，我们用强大的意识发现头脑思维，观察它，也有意识地重新跟身体建立联结。

试试睡前冥想，来体验差距。

131 每个身体都不相同

虽然每个人的身体结构类似，但由于生活习惯、职业等原因，每个人呈现的身体状态并不相同。瑜伽习练过程中，老师的语言只是指引（不是指导），你需要依据自身的情况跟随指引去尝试。

不是每个人都能只进行一次尝试就进入体式的全然状态，但在每次练习过程中，你只要比前一次更打开、更伸展、更稳定、更有力就好，这就是瑜伽习练的意义。

132 身体里气运行顺畅的重要性

呼吸与人类生命直接相关，我们在呼吸，所以还活着。

细细观察呼吸，会发现它们很像“阀门”打开时带来的流动状态：一个负责将外界输入，另一个负责将原本所有的排出——不是输入就一定最好，需要它们共同配合才能让那个处于来来回回的活动状态的“气”保持运动状态，逐渐有力。

呼吸与能量消耗相关，所以应当非常重视呼吸，顺气的同时聚气，唱歌、空手道、乐器演奏……而专心修习气功的人也常因为理顺了气，让输送气的身体管道畅通，从而获得健康。

冥想最初的呼吸练习，也是同样。

133 身体里藏着圆满智慧真我

当我们的内在产生拉扯的时候，我们常会感觉到挣扎或纠结，甚至会情不自禁想要走出这种“不舒服”的状态。这已经是“双方”几乎“分道扬镳”，要开战的状态了。

观察我们的身体，有时会有更早的信号出现，拉住你冲动的脚步，比如朋友推荐了看起来很好的投资项目，你在听他表述的时候，眼睛看见他不断摸着自己的鼻头，内心开始没那么确信，提醒自己再确认一下。

在情绪低潮时，观察身体的反应，也会将我们拉回地面。比如来到曾经一起吃饭的地方，回忆起过往的恋人，感慨曾经多么相爱，若能在上菜那一刻将注意力收回到味觉的品尝上，不用思考，我们就能回到现在。

134

—

153

与人相遇，享受关系

134 瑜伽修习的三个阶段

瑜伽（Yoga）的梵文词根是yuj或者yug，意味着联系、结合、束缚。

瑜伽是一种个人与世间万物联结、相处、经历的方式，我们并非孤立地生存在这个地球上，所以这三个词更准确来说是瑜伽修习的三个阶段：

联系——我们先要与除了“我”以外的外在世界联系起来，建立联结；

结合——在联结的基础上，与之融合成为更大的存在；

束缚——保持觉察与约束，依据心灵的准则约束力量，掌控对外界的影响。

与人相交，是我们俗世生活的必需品，也是成长为更好的自己的必经之路。

135 借由对方来“修炼”自己

在许多冥想的介绍内容中都有提及，冥想的“正确”体验和目标都是“与梵合一”，我们在“合一”的体验中感受到自己与世界的原本在一起，一直在一起。

我们为什么要跟人建立联系，去体验这种原本都在“梵”中的“复杂”？试想，绝大部分的器官在我们身体内部，但我们在很多时候对它们并不了解，也不觉得“需要了解”，因为它原本就在我们体内，而长期被忽略的部分会以某种状态提醒我们关注。

向外的探索相对比较容易，因为有“研究对象”，而“研究技能”的提升，是为了更好地帮助我们了解自己的内在，从更深的层次让内在与梵合一。我们与别人建立联结的重点是借由与对方的交流让不轻易呈现的内在出现，借此来“修炼”自己。

136 我们为什么需要与人交流分享

人是社会型的动物，根据马斯洛的需求理论，满足了生存需要和安全需要之后，我们有与人交流的需求——在这样的交流中，我们不觉得自己是孤单的。

但如果我们困在孤单寂寞中，想要打破这一切，我们的生活也仍然会被影响。实际上，那些冥冥中出现在我们生命中的人，除了分享快乐分担悲伤之外，也是镜子，帮助我们识别自己过去不曾有、不曾发现、不曾经历的，照见我们的喜悦、愤怒、恐怖、勇敢……激发生命潜能。

深入冥想中，往往可以觉察到这些人的出现与自己的联系，然后去完成与他们的交流分享。

137 人与人的相处，最烦，也最美

人与人的相处，说难，也难，说简单，也简单。

一些人想到要与人相处就头疼，觉得需要迁就、包容对方，帮忙处理烂摊子，非常麻烦；而一些人享受与人相处时的快乐，一同创造美好的回忆，彼此陪伴，相互依靠，这是区别于物与宠物，唯有人之间才能拥有的情感交流，让人踏实无比。

如同爱让人有了铠甲，也同时让人有了软肋，与人交流能带来烦恼，也能带来收获——关键是，你选择关注哪部分，成就哪部分。

138 相遇对于不同个体的不同意义

相遇这件事，只有一个人是做不到的，至少需要两个人，或是一个人与一栋建筑、一件事的相遇。

相遇过程中，我们选择有意识地遇见一些人，为了那所谓的目标，完成某件事。实际上，即便你天资聪颖，想到的看到的也仅仅是自己在这场相遇中可以收获的内容，而对方这个与你完全不同的个体，在这一场相遇中要收获的与你完全不同。就好像我们常说的使命感，事情开发了人的潜能，人的参与让事情更有影响力、更向前推进，这就是不同。

如果只纠结在想要在一起还是错过，那就是掉进了自己的人为的、主观的坑，一叶障目而不见泰山。

139 人与人之间，有联结的美好

每一天，我们与许多人擦肩而过。

时间流转，我们选择将一些人留在生命里。不是因为必须有对方存在，而是因为有对方更好。

由于人的复杂性，人与人之间的联结常有许多种变化。即便如此，清楚地知道能够与这个世界上的其他人建立联结这件事，让我们不再感到孤单寂寞。

糟糕的联结带有侵略性和独占性——你只能有我，不能有其他，仿佛世界和森林都不复存在，只有对方；愉悦的联结，带有包容与信心——无论怎样你都有我，所以你有底气去探索更广阔的世界。正因为如此，在感情滋养中生长起来的我们才有机会站得更高、看得更远，这是超越两个人坐在一起的高级愉悦感享受。

感谢那个与你有联结的人，以及因他（她）而产生的“我”的反应，每当想起他（她），世界和空气都变得温柔包容。

140 朋友与爱人的不同存在意义

生活中有一种人，有了爱人就将朋友放在一边，以为拥有了全世界。事实上，即便是从朋友关系变成爱人关系，对于个体来说，也是两种填满他生活不同“色块”的生活。

对朋友，他可以学着幽默；对爱人，他需要学着温柔。对朋友，他可以训练智慧；对爱人，他要提醒自己保持耐心……在爱人那里学到的，会有助于我们处理与朋友的关系，但在朋友那里学到的，却不能总让我们妥善处理恋爱、婚姻关系。更重要的是，我们与人交流的“鸡蛋”需要放进不同的篮子里，才能在有交流的同时不闭合，有能量流动起来而非死水一潭——知音难觅，知己却要两三人，也是同样的道理。

141 遇见一个特别的人不一定是恋爱

人的第六感很神奇，说不出来为什么，却无比正确。有些人，第一次见，就有亲近的感觉；有些人，第一次见，你会主动保持距离。

我们常会渐渐远离那些我们不愿亲近的人，我们又常常选择为那些“被我们选择进入生命”的人付出美好。

对异性恋来说，当生活中突然出现一位“想要亲近”的异性时，我们常不自觉反应这是“对的人”。

如同爱情只是爱的一种，遇见一个人的机缘也不只因为对方是异性。这个人出现在你的生命中，除了跟你在一起，还有可能让你体验第一次想要主动追求一份感情，让执着的你学会放下，让随性的你学着珍惜……在未曾相处之前的任何你以为的决定，都是对真相的限制。

但有一点我们可以确认，这样一个你愿意主动亲近、给予信任的人出现，一定会让你有比过去更深入、更深刻的成长体验。

142 “一见钟情”的其他意思

我们常用“一见钟情”形容在爱情状态里的人，初次见面的人相互倾心会产生一种“化学反应”。

实际上，不但在爱情中，人与人之间，人与地方之间，都会产生这样的“化学反应”，我们愿意花更多时间与这样的人相处，也愿意多去几次这个地方，或是愿意与一种兴趣爱好、事业长期相处。

重要的是，在与之相处的过程中，我们的内在感到愉悦，而这些内在涌现的愉悦感让我们逐渐“开发”自己，创造更多美好，有勇气和动力去探索广阔的世界。

143 相遇，与是谁无关

小王子和玫瑰花的故事让人动容，花“勇敢”地告诉小王子“我可以”，然后让他离开去追逐自己的梦想。

我们读故事，总会添加太多的想象与意义，说不清是故事本身具备的，还是我们投射赋予的。

除却那么多想象，一个人与一朵花相遇，相互识别、相互关照、相互倾听、相互欣赏，人的喜乐愿意分享给花，花的娇艳愿意分享给人，这原本就是一件浪漫的事——人与花都参与并点缀了对方的生活，却不见得需要成为对方生活的一部分。

遇见花之前，人有人的经历；遇见人之前，花也有花的白天黑夜。

若双方相处舒适、愉悦，何须思考太多是谁的问题，更无须自大到认为已然改变了对方，或是直接给予了对方快乐，你只是点燃了对方心中原有的快乐种子。

144 两个人之间的缘分，不是人说了算

我们用逻辑思维来思考一下人与人之间的关系，它包含三个部分：一个人，另一个人，以及两人之间，这三者必然并列地存在。

大多数人在思考会不会在一起，什么时候在一起，在一起多久的时候，都常常考虑自己和对方，而很难考虑到两人之间，比如交流方式、缘分等。

事实上，即便我们期待与很棒的人建立很棒的关系，我们自己也为之付出百分之两百的努力，对于每个人而言，我们也只能做到在两个人之间无限接近1.5，而不能等于1.5——由对方来完成那无限接近的1.5，即便人和，也总需要最后的天时地利才能实现目标。

既然如此，不如放下你以为能够“决定”关系的重担，坦诚表达，尽自己的力，与人相遇的原因从来不在于结果。

145 感谢那个让你走进他生命的人

人与人之间的相遇很奇妙：有些人一生都不会相见，有些人擦肩而过，有些人相伴成长，有些人“执子之手，与子偕老”。过程中会发生

怎样的转折，若非经历过，都无人知晓。

那看似不经意的一次回头，进入对方视线，都是一次“闯入”，若对方允许你因此进入他的生命，无论他是否仔细思考过，都是他的选择。

因此，我们得以见到与以往所经历的完全不同的世界，除却复杂关系定位带来的理所应当，彼此还有不同程度的新机遇，这是原本属于个体的切实真相。

心怀感谢，对那个愿意向你敞开生命的人。

146 亲密关系对我们的重要性

亲密关系并不只是你和爱人的关系，还包含你和那些亲近的人的关系。

人是社会性的动物，在不能与更高维度建立联结的时候，我们需要与同类的人建立联结，在这个过程中学习了解、分享、分担。

在亲密关系中，我们打开自己，袒露自己的内心，与亲密的人相处，以此来“看见”真实的自己，与自己同处。

好的亲密关系让人幸福感倍增，感受一个人与两个人的本质区别，而糟糕的亲密关系却让心门关闭得更紧。

无论你理解的亲密关系那头是谁，这终归是你的修行。

147 爱一个人，只跟自己有关

冥想的状态，平和、喜悦、宁静，我们与那个世界的“一”融合在一起。

当我们的心打开时，我们会感受到喜悦；当我们爱一个人时，我们的心也处在打开的状态，所以思念是喜悦的。

遇见一个人，想要向他（她）表达爱意，感谢他（她），打开了我们的心，让我们感受喜悦。

148 彼此试探，不如坦诚相待

人与人之间的相处，因为每一个人都不同，每个人又拥有不同的阶段，所以变化无穷。

相比较有限的时间、精力，似乎“选择”就成为很重要的一步。许多人选择的方式，是在相处中默默观察对方，需要保留一个观察者的角色，又如何全情投入去感受对方？到头来，只有困在“我选择”的伪命题里。

遇见谁，与谁在一起，放不下谁，都不是自己能决定的——不如坦诚以待，全然体验。

149 两个人最舒适的相处，是彼此安静也不觉得尴尬

与陌生人相遇，我们会习惯性聊起天气、衣着打扮、新闻，制造一

个不尴尬的友好交流现场。

见到想见的人，会有很多内容想要分享，常控制不了叽叽喳喳讲个不停，过度的兴奋，会在见面后更容易感受疲惫。

当我们与一个人无话可说的时候，虽然在一间屋里，却如同两个世界，冷漠已经超越尴尬，阻断人与人的联结。

两个人最棒的相处，不是双方交换说话权，你说我听，或是我说你听，而是彼此不说话也不觉得尴尬生分。你在忙你的，我在忙我的，我们此刻在一个共同的空间，我们可以不交流，也可以随时交流，甚至可以不经过大脑思考就讲出心里要说的话，虽然看起来像个傻瓜。

自在地相处，自己的内心有感受，这是享受。对方也在享受。

150 热情似火之后，平淡相处才见真心

看起来最简单的菜，却往往最难做——有时候就是因为流程太简单了，所以才考验做饭人的手艺。

选择与怎样的人相处，许多时候我们都一拍脑门选择那个能够跟你谈得来，一相遇就滔滔不绝的，彼此相互理解，像两团火焰，彼此燃烧的。但这样的激烈往往难以持久，就好像绚丽的烟花，瞬间光芒四射，仍旧要回归平淡。

所以真正关系亲近的朋友或爱人，是经过了双方的热情似火之后，仍能安静地共处一室，在一起又有独立的空间和平共处。

151 与他（她）在一起就是全世界

许多人以为亲密关系只存在于爱人之间，实际上，那些你愿意划归到对你来说最重要的部分的关系都算——父母、子女、好朋友、重要的合作伙伴。不同的关系成为不同侧面的支撑，让你拥有来自不同侧面的信任、理解、支持，每段关系都是从你的内在搭建的向外的桥梁。

幼稚、彼此消耗的感情，让人心神疲累，感觉“麻烦”，宁愿选择在自己的世界里玩耍，也不愿“出去”；稳定、成熟的感情是滋养，打开了一条通道，路上不同的风景给予你信心去尝试和体验，同时进一步开发自己、绽放自己、看见自己的影响力。

所以人们说，好的感情，与他（她）在一起就是全世界。

152 担忧与爱，总是一体

陌生人最易相处，因为无须刻意考虑太多。

越是亲近的人相处越难，许多内容我们反而需要筛选说与不说，如何说——而所有担忧的背后，是藏不住的爱与关心。

担忧与爱，总是一体的——我们不爱的，才不担忧呢。

选择担忧，是因为我们不能相信亲爱的他可以面对处理，是间接地表达爱；选择祝福，出于我们对他的信任，是爱的直接表达。

153 表达不仅展现了内在，更开启了流动

足球或篮球比赛的魅力，就在于围绕一个球，双方“争夺”，在“你争我抢”的过程中实现进球的可能。

这与两个人说话、谈项目合作是一样的道理，总需要围绕共同的话题、内容开始你来我往的过程。

语言是我们彼此交流的工具，当一个人表达了自我时，就像抛给对方一个球，接不接、怎么接都是对方的选择，而接了就代表着流动的循环开始，这就产生了交流。

154—253 旧名词背后的新意义

154 所有一切都是因缘和合

我们常以为两个人的关系由人决定，一件事的成败由人决定。

以“结果”为标准来看，确实是这样。但这里有一个隐含的前提，即有决定权的人相信这是“对”的，并愿意为之付出“几乎全部”的努力。

关系或事件之上，是人。人之上，还有更广阔的“因缘线”。人能看到事件，却难以明了更深和更广层次的缘由和发展。此刻认为“对”，放在更长的时间维度中，未必对。错也亦然。

尽人事，听天命。不执念，不过度消耗，在过程中开启觉察，觉察势，才能顺势而为。

冥想，是第一步。

155 过去已过，未来还未来

有人说对冥想最好的解释就是“什么都不想”。

反观平日里所想的，不是过去种种，就是未来种种，当下我们常常不能想——因为需要体验，需要感受。

当我们想把冥想的精神运用在生活中，非常简单直接的做法是，觉察出现在头脑中的那些想法，无论过去与现在，提醒自己感受和体验当下。对于那些无谓的担心，也尝试将它们放下，去体验过程。

156 比起真诚面对别人，真诚面对自己更难

我们都希望遇到真诚的朋友，坦诚与人相交，感受彼此的信任，打开内在状态的联结——虽然在另一个人面前“暴露”自己所代表的真诚需要勇气，也需要智慧。实际上，在面对自己的时候，能够真诚应对，也需要勇气和智慧。

面对一件事情，脑海中“应该”“不应该”跳出来的速度也许比心里“喜欢”“不喜欢”来得更快，而当两种反应产生矛盾的时候，面对这个“混乱”的状态比选择性忘记或策略性放下看起来难多了——要命的是，面对别人时，也许别人不能完全感受到你是否真诚，但面对自己时，自己都知道。

157 真诚面对自己是开启内在成长的起点

小时候父母和老师都会教我们真诚待人，却没有教过我们具体如何做。

真诚待人不是简单地将内心全盘托出，也不是一个人时常跟周围人说“不好意思，我就是这么直接的一个人”，这些都没有花费时间和精

力去了解“真诚”的内涵。真诚没有统一的标准线，有些人尽力而为的真诚，却可能是别人眼中的不够真诚。

要学着真诚，请尝试对自己真诚，真诚觉察、面对此时此刻的自己，心中所感受的，头脑中所思考的，我在说的、我在做的、我全身心都是这样认为的。真诚，很难，却是与自己和解、开启内在成长的起点。

158 愧疚感带来的超高执行力

愧疚感，看起来不是个“好”东西，因为它常能让人感受到一些负面的情绪。

在整个事件过程中，得先发生一件事，让人“产生”愧疚感，然后才通常会有紧随其后的补偿行为——恰恰是这些“补偿行为”，开启了彼此间的新交流。

对于一个不主动、有严重拖延症的人来说，愧疚感好像是引发高效执行力的魔术师，会带来意想不到的结果。如果能够识别愧疚、放下它，借着它的行动力去做，就是新开了一个超棒的局。

159 如何面对自己的“弱”

当我们去做些什么努力改变自己的原本“不行”时，有些人甘之如饴，称其为成长，有些人并不愿意，因为感觉被某种难以言说的原因“改变”，还可以回复一句“谁也不希望被改变”。

在时间有限的情况下，是充分发挥自己的天赋优势，还是去补短板？就像瑜伽系统中说人的身体有左脉右脉，最重要的是中脉，儒家也讲求中正之道，我们无法给出一个“简单粗暴”的回答，因为无论选择哪一种，都是单线选择，单线选择本身就是一种一叶障目的选择。因为每个人都是强和弱的综合体，“弱”中藏着我们需要的挑战，“强”中藏着我们可以用属于自己的优势打破过往的不能的方法。

不再为了拔高而拔高，压抑天性，也不再完全顺应天性，而是要回到中脉，找到自己的中道。

160 痛苦与被痛苦折磨，是两件事

许多人觉得人生是来享福的，所以稍微遇到一点不如意就开始抱怨生活。而实际上，有些痛苦，伴随年龄成长总需要经历：成绩考差时的沮丧、失恋的悲伤、失意的绝望……就算不是同样的原因，每个人的痛苦程度不同，却也会经历同样的沮丧、悲伤、绝望。

我们也许逃避不了经历这些，我们却可以选择以怎样的方式经历和面对这一切，比如被折磨是一种面对方式，换个角度，看见经历之后的收获，或者感受到被人照顾关心，就是另一种了。

如果痛苦不可避免，我们可以选择不被痛苦折磨。

161 转向看似难，坚持才真难

许多人常把人生比喻成一艘正在航行的小船，有高低起伏，有阳光有暴风雨，朝着自己以为的目的地前进，有无限可能。

往前开，很容易；往后开，或是走回头路，没那么容易——若不是在内心将前行目标调整，很难实现。看起来，转向很难，要牺牲目标、面子等许多许多。

坚持，说起来容易，做起来难，因为即便转向，也仍需要朝着目标不停前进，直面困难，直面内心，并且采取行动，这才是难。

162 举重若轻的高级难

许多人觉得认真做一件事很难——玩儿起来多轻松，无拘无束，要学着规矩和流程，还要按照流程尽量高质量完成一件事，好难。

在提起一件重物时，我们需要学着蓄力。但实际上，举重若轻比这个难得多，你不仅要“提得起”，还要能够“做出轻松的姿态”，让内心和其他正在进行的事不受干扰，这才难。

如果能够“提起来”，试试举重若轻，这会让人学着放轻松。

163 怀疑的存在，是为了选择相信

现代社会教育我们，要先学着怀疑，因为怀疑，才会发现问题，找到真知，而借由这个过程，我们获得成长。

相信是什么？相信是对那些经得起我们推敲的内容，比如：一个人、一句话、一个真相，没有来由地相信。没有一直存在的怀疑，因为我们总会离开，或者放下，不去挑战。

怀疑是检验，因为它，我们找到相信，选择相信。

当你开始有怀疑的念头时，选择相信，这样一来，我们相信的力量就变得更强，而心会依靠这种滋养，变得越来越强大。

164 选择困难症背后的秘密

生活中许多朋友卡在选择困难症，尤其在面对二选一的情况时不知如何决定：其实我没有那么在意；如果能够同时拥有就好了；谁来告诉我应该怎么选——纠结半天，似乎仍在原地。

能够进入“决赛局”的两位“选手”，想必都拥有过人的实力，也常常互为补充，在这种状态下二选一，无论怎么选，总有对于自己来说重要的失去。所以那些越重要的选择，越难选，仿佛断的都是自己的胳膊。

若跳出选择关头的时间点，我们可以借由这“两位选手”看见自己内在所真正期待的圆满，而若要实现圆满，需要多花点时间，使之成为

自己可以理解的内容，不再着急做决定——因为真正喜欢和热爱的人、事、物，从来不参与二选一的对局，他们的出现，就是你的全世界。

165 与选择相比，努力反而是简单的事

生活中，为了达成我们想要的，我们努力识别、调整、尝试、创新，过程中感受燃烧的自己。社会吹捧那些成功的人，宣称他们在不断努力的情况下才取得了想要的成功，于是许多人头也不抬地默默努力，在被卡住的地方持续打转。

这种情况，佛家讲，放下心中执念，方得清净。

执念与努力，一线之隔，看你选择放下，还是选择拿起，一味努力地陷入一个选择里，反而不用面对那更头疼的选择了。

那些努力了就成功的，往往因为他们发现了内心的热爱与擅长，并在此基础上努力，这样的努力轻松且让人愉悦。如果努力让你感觉沉重，除了继续向前，你还可以回来看看基础——你是不是选错了努力的方向。

166 不选择，也是一种选择

如果把生活比喻成一条路，我们每一天都在向前走，而做出的每一个决定，都像遇到的岔路口。

路总是在前方的，都在脚下，在一条路上走习惯了，往往在下一个路口想都不想就会继续往下走——好比一个喜欢海边风景的人，会出于

惯性只选择海边的路，久而久之，就渐渐遗忘了高山。

在路口的“不选择”本身，就是一种选择。因为脚下往前，路已经定了。所以不选择的人，是把选择权交给老天、事件、别人，也许他会猜测选择的结果，但这就是他的选择。

167 选择本身，就自带力量

许多时候我们卡在两种或多种选择间无从下手，仿佛这诸多选项让我们能量耗尽。没有人可以预知前路，那些越看重的选择，往往在决定之前更容易让我们感受无力。

反观那些我们已经做下决定的片刻，无论多么艰难地选择舍弃或是决定承担，那一刻，我们的内在是有力量去面对这一切的。

看看那些在做了决定之后有力向前推进的人，并不是他们本身具备多大的能量，往往是在艰难的选择之际，头脑清晰地知道自己为什么这样做。越清晰，越没有反复，越能够有力延续，去面对无论如何选择都将面对的未知。

168 “对不起，我就是嘴笨”

用谈恋爱的例子来比喻，会很容易明白：年轻的时候，我们喜欢听甜言蜜语，所以听到那些好听的话，我们很容易给予信任。稍长一些之后，我们渐渐将注意力转移到眼睛上，比起对方说了什么，似乎对方做了什么更能成为我们选择相信与否的“证据”。

借由这些“证据”的拼凑和还原，我们自己分析出一个真相，给予信任——这是“我”的参与感，也是成熟的标志，除了听，我还从多个不同维度观察和思考。

所以越来越多成年人保持沉默，选择去做，因为做比说重要。可别忘了，做，为对方做，也是一个人按照自己想的做，只有说出来，才有交流，才能知晓对方的想法，做出恰当的调整。

做，代替不了说；说，为做找到更恰当的方式。

169 善良的人，需要先练就一双慧眼

小时候我们被教育，要做一个善良的人，为别人着想，尽力帮助别人。进入社会后，面对现实的残酷，许多人渐渐收起善良，与他人保持安全距离。都是一样的善良，背后却有不同的原因。

有些人的善良，是因为知道不善之后会给自己带来无法承受的结果，所以只能选择善良；有些人的善良，是因为并未触及他所在意的小世界，所以他选择善良；还有些人的善良，是为了完成自己的“善良”指标，殊不知是养虎为患；还有些人的善良，是为了“交换”一个更好的结局……

在自己需要的情况下，仍旧选择分享给同样需要的人，是善良的呈现方式。善良的人，容易被“弱者”欺骗，直接交付好意。

要做个善良的人，需要先擦亮眼睛，若你交出的善心滋养了对方的欲望，这是善，还是不善？

170 为什么说社会是个高级修炼场

许多人期待寻找一处宁静的山间、田间小屋，安放自己的心灵，“开始修行”，回归内心。更多人觉得这是一种不切实际的傻行为，在做看起来不可能的事。而实际上，这只是开始。

像极了给自己一个真空环境，慢慢让内在变得清晰——这很重要——那些在现世磨炼中开始形成的清晰、准确让你拥有力量，尤其在全力以赴的时候，环境没有想象中那么重要。

171 盯着问题，眼里容易都是问题

成长过程中，有一个讨巧的方法：盯着那些发生问题的地方，解决了它们，就能更好更快地向前推进。

时间长了，就慢慢有一种新的状态产生，思维的训练成为习惯，我们会变得善于发现问题，并且处于“发现问题—解决问题—发现问题—解决问题”的无限循环中。或许每个人都有数不清的“问题”，“我”像一只陀螺，一路奔忙。

“问题”出现，除了解决它这个看似唯一的存在目的——别忘了那些解决不了的问题，让我们学会了耐心和接纳。

172 问题出现，别急着解决

我们似乎习惯了，在顺境中休闲放松，肆意玩耍，但问题出现时，需要绷紧头脑，尝试解决。

所以在发现问题的那一刻，就似乎打破了舒适的循环，我们着急地带着想要解决的心态——研究、破解、跨越、成长。不同的问题让我们绞尽脑汁、拼尽全力，总希望快一点、再快一点解决，似乎解决了就可以回到空闲中，直到下一个问题出现。这样一来，问题一出现，我们就将自己放在了对立面，企图打败它。

若在发现的时刻，不着急解决，而是微笑着看它，问问自己它此刻出现的意义，是来帮助自己突破怎样的局限——问题原本就不是“对手”，而是“帮手”。

173 理智不能解决所有问题

现代教育常常训练我们的理性思维，辩证法、唯物论等都希望能够不被想法和感受牵着鼻子走，可以更加客观冷静。

在做事上的成功累积，也让我们情不自禁训练理性，似乎理性了就不容易失控，不失控就更有安全感。可正如我们的左脑和右脑分管不同的“象限”，在理性范畴内走到尽头便很难解决感性范畴的问题，比如我们放不下的人和事往往是理性上分析过无数次“应该”放下的。

与理性同样重要的，是给自己时间，感受生活，感受现在。

174 所有此刻的发生都是恰当的发生

古语有句话：人生不如意事十之八九。虽然我们都会为了想要做的事全力以赴，却难让事情尽随己愿，难以轻易如愿才是常态。

许多人遇见失败，便惶惶然，当事情不如意的时候，也常有同样的感受。我们也常因为情绪，难以看见事情的本来面目：这一切，究竟如何而来？

试想，若我们做什么都能轻易实现，那内心创造的原动力又要去做什么呢？正是因为不曾如愿，所以我们有机会用和以往所不同的方法尝试完成——在这个过程中，我们渐渐充实、成长，在事件的磨炼中成为自己。

175 如何理解“万物皆由心生”

在佛教禅宗六祖惠能的故事中，有一则僧人在争论风动还是幡动的故事，惠能说：“不是风动，不是幡动，仁者心动。”

如果我们讨论客观事实，起风了、幡动了——这是可被验证的客观事实，心动与否，似乎难以验证。

而惠能大师之所以提及心动，不是因为心动这个原因产生了幡动的结果，而是说心动所以观察到幡动，因幡动而思考和感叹。

这像极了我们突然听到一首歌，想到一个人，潸然泪下。歌是风，泪下是幡动，心动则是忆及某人。

心动的觉察、牵引，与风动、幡动的呈现并不在同一维度，所以风在吹幡在动，并不是所有人都发现了、思考着，而是那个为其心动的人。

176 与其等风来，不如努力争取

生活中当我们面临一些“鸡肋”选择的时候，都会踟蹰。不做，一切看似照旧；做，机遇似乎并不是太合适。卡在做与不做的路口，像极了先秦诸子儒家和道家的争辩。

我们常说内在的矛盾都是由“我想要”和“我不应该”闹出来的，所以我们常常陷在二选一的矛盾中，不知道如何选。

除了卡在现在的“两难”，我们还需要注意一件事——大千世界那么多事，为什么我们会去纠结这件事？实际是因为最内核的自己对这件事是“动心”了的，要不然不会花时间纠结。

内在的选择早已清晰，纠结可能是因畏难而不肯行动的借口。

177 放下恐惧，全然经历

我们常说，要勇敢，对于那些未曾经历过的事情，去做、去经历。

除却那些无知者无畏的勇气，我们通过心理暗示“逼”自己面对“恐惧”，我们还可以有另一个选择：梳理清晰、明白自己的现在和目标，仿佛有了一条比对线，也仿佛有了一个灯塔，可以有勇气去经历那过往不曾有，甚至以往所恐惧的事情。

不需要再有一群人或某个人在一旁给予鼓励，而是相信自己一个人就可以去面对这一切，如此，才会放下害怕，全然经历。

178 颤抖，不只是因为害怕，还因为兴奋

我们对许多事情都有固定的认知，比如看见一个人脸红，就以为他紧张了；比如看见一个人大声说话，就以为他生气了。

很多时候我们的以为都是自己的经验所得。而那些经验越丰富的人，越容易陷入自己的经验中，却不曾想起，有时候脸红是因为喜欢，有时候一个人的大声说话是他平常就嗓门儿大……

同样，当我们面对过去所不能面对的事情而感觉到身体的微微颤抖时，除了原以为的恐惧害怕，还有可能是因为终于要开始挑战难关的兴奋。

那曾经令你害怕的，跨越后必会使你成长；那能够让你兴奋的，就是内在勇气和创造力的源泉。

冥想，让人突破自己经验的局限，去感受到新的、真实的状态。

179 紧张与兴奋，是让人分不清的双胞胎

当众讲话前，我们常常会紧张；旅行即将开始，我们常常会兴奋——若配搭着具体的事件，我们很容易区分是紧张还是兴奋。

但如果抛开前因后果，只感受自己，会发现这两样反应极其相似：

心跳加快，思维和感受器官都变得非常灵敏，甚至不断想要“输出”（无论汗水还是跳跃），它们在这个层面如此一致。

所以在消灭紧张、放大兴奋之前，先明确“这件事对你很重要”这个重要信息，再试着让不平静回归宁静，这就是内心的修炼了。

180 期待与执念，一线之隔

我们常说，希望收到怎样的结果，或故事有怎样的结局，有些人真的只是心怀期待，而有些人却执念于内心想要得到的。

如果这两者都是“希望得到”，那么区别在哪里？

前者，有希望，却不强求，将重点放在过程，尽人事听天命；后者想要结果以至于可以为达到目标拼尽全力——这与拜佛过程中的“虔心祈愿”和“利益交换”类似。

不同心态导致的结果自然不同，而这些不同又导向新的开始，若不在觉察中渐渐清醒，失之毫厘，将谬以千里。

181 为什么我们要放下期待

现实生活中，许多人重视期待，甚至将期待看作前行的重要动力，似乎因为有了如此重要的期待，我可以爆发出百分之两百的潜力，去完成和实现期待，让期待照进现实。

这百分之两百中多出来的一百，是否是对自己身体和将来的消耗呢？

试想，期待是我们站在现在，去“定义”将来，在时间的横轴上，将来总是比现在更智慧——其实我们无论如何定义将来，都是在过去的惯性思维中，因为想要，是“过去”想要。

所以，心怀期待，确定目标。一旦上路，就放下期待，随缘尽力，你会收获你需要的。

182 平静的悲伤中蕴含接纳的力量

日常生活中，许多人习惯于逃离悲伤的感受，似乎这是一个无底黑洞，将自己整个身心卷入，难以翻页。

说话、吃饭、抽烟、喝酒、逛街、买买买——成为让悲伤快速经过的方式。我们似乎被迅速经过的悲伤打了某种“快好药”，直到下一次类似的事情发生，才会再次让人感受沉沦。

与悲伤共处，会发生什么？

痛哭流涕—流泪—面对失去—学着接纳—平静经过—与悲伤共处，下一次再次发生，不是恐惧抗拒，而是内心的淡然沉静。

183 害怕产生无力，勇敢生出智慧

年幼的我们常常无所畏惧，可以尝试，但此时的勇敢是无知者无畏，是初生牛犊不怕虎。

长大以后，因为会思考会总结，所以我们常常生出害怕的情绪，那

些不好的经历、不好的结果常常浮现在我们的脑海中。甚至在我们“预想”到一些将要发生时，内心会隐隐担忧……而那些未放下的担忧又往往会成真，让害怕不断叠加。

但反观那些我们能够“啃下”的最糟糕的结果，选择勇敢面对的，除了收获内心的有力之外，还有面对未来需要的智慧。

既然躲不了，不如勇敢面对。

184 坚强与撒娇，是它们彼此的功课

现代社会教育我们学会坚强，因为唯有坚强，才能面对世俗中那些无法预知的难题。

坚强的人，像钢铁一般坚硬，足以抵挡风霜。撒娇的人，与此完全不同。她能够暴露和展现自己的弱点，这本身就是对对方心怀信任，似水，是流动的、柔软的。

若只会撒娇，无疑娇弱背后“有求于人”。若只会坚强，便无法理解情感的需求，成为“铁面无私”的人。

从撒娇到坚强，需要耐心地引导；从坚强到撒娇，需要信任与被包容。

185 二元对立，本是同根生

因为想要更全面客观地了解这个世界，需要更详尽准确地描述这个世界，所以我们学习二元对立的方法。

只是有时若被方法“套路”，我们会很容易掉进二元的陷阱里，以为爱的对面是恨，寂寞的对面是热闹，而忘了二元来自同一个根，就像树的南面和北面，相对对立，却从不真正对立。它们只是像极了对方的另一面，换个样子出场，而真正的对立面，在整棵大树之外。比如，爱与恨的对面，是冷漠；寂寞与热闹的对面，是内在的安静与丰富。

186 选择分享，也一并选择了分担

关系疏远的人，不是指血缘或法定，是说那些内心判断为“疏远”的人，往往比较好相处，因为隔着一个安全距离，无论怎样都与彼此不太相关。但那些在我们认定的“亲近”范围的人，相处起来就难多了，这里面有太多的“原本应该”与“理所应当”，或是“为了你好”，或者“怕你担心”。

一切不过是我们的自以为是。

我们将对方列为亲近之人，是愿意分享我们的内在——快乐与美好，忧伤与脆弱，那无论展现与否都真实存在的我们。亲近的人是我们选择让对方看到更多我们内在的人。

只有分享没有分担，一个人受累，另一人被护得周全；只有分担没有分享，两颗心都苦累，这已背离亲近关系的初衷。

187 当你开始说“我不要了”的时候

小的时候，时光匆匆，并且通常情况下回忆起来都是些让人欢呼雀跃的事，似乎年幼时，我们不太会有深入的纠结、彷徨、不知所措。

成年后，烦恼会多一些，常常内在就开始了自我拉扯，总有一部分自己，像个爱撒泼的小孩，知道自己想要什么，难以正常表态，还时不时开始满地打滚儿，鼻涕眼泪一把，就为了告诉你：那个东西对我很重要，我想要。

似乎每一段过往我们都有一部分“当时”的自己被留下了，要求被看见、被尊重、被满足。于是，那时的我们看见机会，就会开始哭喊着要求得到，无论最后得与不得，都是一个“缺”的自己在叫喊。

无论经历了什么，或者以怎样的方法说服那个留在原地的“自己”，当他开始拍拍灰，抹干泪，大声说“我不要了”的时候，那一部分的自己，便开始往前走，与现在的你合在一起。

188 梦境带来的提示

人们常说，梦是距离潜意识最近的，我们常常可以通过梦境了解到一个人的潜意识，而潜意识距离最内核的那个自己最为接近。

想象每天经过我们的信息像海浪一样多，而我们的思维和意识就像筛过海浪的筛子，希望能够发现有趣的贝壳或海螺。

我们要做的、思维决定去关注的就像拿到手里的大筛子，而梦境则像是精确无比的小筛子——我们常关心筛到了什么，而只有观察筛子本身，我们才有可能换不同种类、大小、材质的筛子，来让生活出现新的不同。

所以梦到的人、事、物，可能正，可能反，但已经出现在梦里的，就是对于最内在的我们来说，内心在意的，想要尝试接近或得到的，需要去面对的。

189 偶尔试着跳脱出经验，就是新的拓展

我们习惯于积累经验，因为经验让我们往前走，走得更远、更稳。

但也正因为如此，经验成为我们的限制，对于那些我们习以为常的事情，常常不再花费时间精力——就好像我们习惯于有些朋友就是这样的，有些事情就是这样的，难以对变化产生觉察。

偶尔跳脱，换一种思维去感受，仿佛一个全新的没有经验的自己去寻找新鲜感，这不仅是自己过往的放空，还是新思维或视角的发现。正是这些拓展了我们的维度。

190 急，是最不容易被发现的隐形炸弹

生活上我们都知道要戒骄戒躁，骄傲比急躁容易多了——提醒自己谦逊一点，多学习一点就能渐渐戒掉骄傲，但是，提醒我们自己不要那么急躁，慢一点，放轻松，似乎往往很难有那么好的效果。

如果说一日三餐里难以显现急躁，我们在行动、做事的过程中，最容易与急躁共舞：想要快点看到电视剧的结尾，想要赶工把工作做完，想要赶紧见到那个思念了许久的人……

不知不觉间，急躁与动力混为一体。

能够在行动过程中发现自己的急，并且通过调整让自己安静下来，踏实经历现在，就是心的修炼。

191 快，还是慢

从小到大的教育都让我们学习快，快点考到一百分，快点小学毕业，快点念大学，快点工作，快点结婚生子，仿佛有人在背后追赶，我们需要快一点实现目标。然后我们的大脑转速快了起来，嘴巴快了起来，连手脚、打字速度都快了起来。

快起来时，我们常为了目标和结果“牺牲”自己。相比较慢，快更容易。

真诚对待目标，会启动“快”；真诚对待自己，会启动“慢”。目标没实现，有可能是方法不行，而我很“糟糕”，就只能慢慢去消化和打破自己的这种误解了——唯有慢。

只有在这样慢慢的打磨中，你才能成为自己，才有机会轻松不费力地在人生路上快起来。

192 别着急下结论

无论遇见怎样的人、事、物，我们总会依据自己的喜好做出判断：喜欢的，接近了解；不喜欢的，远离走开。

很少有机会想想，这个喜欢不喜欢的阀门究竟为何而开。

喜欢萝卜青菜，哪儿有什么道理——说得好有道理的样子，但实际，即便不来自过去，也有关于现在的理由，而喜欢与不喜欢，只在那个当下。

小时候许多人讨厌吃苦瓜，长大以后可以了；《大话西游》初看时觉得好笑，十年之后再看，已经笑不出来；年少不听李宗盛，听懂已是不惑年。

别着急下结论，也许人、事、物没变，是我们在变。

193 是为你忘记自己还是全都由我说了算

成年以后的我们，越来越聪明，聪明到不会傻傻地去做不擅长的事情。我们常常可以在我们擅长的领域里自己说了算。

在同等时间精力范围内，自然不行的部分越来越不行，当生活需要面对，也是以极低的姿态进入，像极了爱一个人时低若尘埃的样子。

忽而像霸王狮子，又忽而像单纯的白兔，若对方了解、接纳还好，否则会生出许多事端，但重点是：为什么你的世界里只有“成王”“败寇”这两种？

耀眼时能够看见自己的弱点和别人的闪光之处，渺小时不妄自菲薄，尝试表达，不放弃探索——这是为自己而努力。

194 感谢那些让自己发懵的时刻

成长的一个要点就是，我们已知的越来越多，未知的越来越少，而建立在已知基础上的自信感，让我们能够面对未知。

只是别忘了，是面对我们印象中、惯性里的未知——当那些超出我们意料之外的事件发生时，无论呈现与否，我们都会先“懵”一下，那个自信的自己想要应对，却由于“新的经验”缺乏而无从应对。

但正是在这种真实的“懵”中，我们回到那个原本的自己，就像有些人说，情场老手在遇见喜欢的人时也会本能地不知道说什么。

经历过“懵”，就会有新经验的收获。

195 对那些突如其来的事保持觉察

如果能够选择，大家会跟随惯性，走一条“老路”，因为轻松，因为可掌握，因为无须面对需要费脑袋的未知，仿佛湖面的所有者，知晓这片湖里的一切，让湖水保持安宁。

而那些突如其来的事情就像一场意料之外的风，将湖水吹动起来，不知道会出现怎样的变动，所有的不安中，惊喜与惊吓是比例相当的存在。

重要的是，对于那些突如其来的事，喜欢或讨厌都无法阻拦它的存在。与其浪费时间试图改变已经发生的，不如保持觉察，看看这阵风对湖水产生了怎样的搅动，又吹来了哪朵花的芳香，所有这一切组成了此刻新的湖。

196 体验情绪有波动的阶段

我们都知道要有平常心，有平常心才能让我们不以物喜，不以己悲，这是很高的境界。

许多人通过“克制”让自己实现平和；而有的人在时间的流逝中慢慢习得平和。

无论是以上哪一种，作为一个普通人，生活中那些会引发我们情绪波动的事情总会出现，它到来的时候，我们在拓展自我，此时感受到的紧张、慌乱，不止与不安相关，更与兴奋相关。

尝试深呼吸，去经历这段以往不曾有的新旅程就好。

197 情绪的转化都在一念之间

有时候我们遇见一些事，不假思索地就会有某种反应，类似于自然发生，像一个按钮，可以自然启动。比如母亲一唠叨，我们便会烦躁不安，尝试不理、不看、不回应。

实际上，在这些“自然”发生的情绪反应里，藏着我们过往对类似事件的认知，我们判断它的好坏，喜欢便接近，讨厌便远离，这“不自知”的认知控制我们的情绪和行为。

要调整这一切，需要换新的认知，让我们看见那事件发生的更多面，甚至更接近事实的部分，在新的认知中会产生新的“我”、新的理解。

198 为什么要去清净之地

我们无时无刻不处在环境中，被环境影响，也以自己的方式影响着环境。当生活中自身的平衡难以维系，无法安心静气冥想的时候，我们也可以借助外在的力量帮助自己找到平衡。

环境是由一个人、几个人、许多人共同建立的能量场，寺庙、道观、教堂，甚至博物馆等地方是由许多人的同一目标和理想构成，所以更容易形成某种独特的能量场。如果它本身是安宁、稳定、正向的，就会给你“新”的影响。

当然，前提是你除了用眼、用耳、用脑，还要用心去感受，建立联结，比如，晨钟常常与听觉和头脑同频，让自己醒来，暮鼓与心脏同频，在感受中从原有的纠结中跳脱出来，进入一个新的状态去面对、去处理事情。

199 皮肤是道环境监测线

大树有树皮，作为跟环境最大面积的接触，也成为内在树干的“保护者”。皮肤，就是我们的皮。皮肤之下还有肉、筋、血管、器官、骨骼，都由不同的细胞分子组成。只有我们的觉察和感知能力打通或恢复的时候，我们才能觉察和关注到细微的变化。

回忆一下，空气不好的时候，鼻子的反应会很明显，但在频繁打喷嚏之前，鼻翼的皮肤就会开始有些红痒，肌肉紧张了。

所以到一个环境中，我们可以通过皮肤本身的反应系统来感知环境，当我们难以察觉到内在发生变化，也可以通过皮肤的显性表现来发现。而我们对皮肤的感知力激活着每一个细胞，这可以在冥想的状态中，温柔实现。

200 敏感究竟好不好

敏感的人常常多愁善感，在许多别人还没有感受到的情感波动上，他常常先觉察，然后分不清是别人的还是自己的，或是别人映照出的自己的，就先掉进去，感时伤怀。如果是这样，在敏感的人身边的人，常常很辛苦，小心照顾他的情绪，谨小慎微。

但敏感意味着他与外界的沟通状态，触角敏锐可以感受到周围的细微波动，这原本的天赋若发挥出来，将让人快速地觉察、反应、行动，更加了解对面的人和周围正在发生的情况。

只有先敏感起来，才有机会变得敏锐。敏感的人，先要学习保护自己，区分这些情绪感受是否来自自己。

201 天气引发的内在需要

遇到不断抱怨工作环境、想换单位的朋友，我常常劝他说：环境不是最重要的，你自己才是。

确实，能够被环境干扰的人，自我的内在也许并不那么清晰、强有力，弱小的内在火苗不知能否对抗外在的“强大”环境。许多人的离开是担心被同化，失去自己。

环境再重要，也需要通过内在起反应，这是我们可知的、可选择的，而天气不会。

在同一片大气环境包裹下，我们“只能”接纳，并且伴随天气的给予而引发内在：好天气，我们心情愉悦，相约出行；下雨天，我们仿佛被按了放慢键，回首往事，感受自己。

这也是属于内在的阶段性需要。

202 阳光与月光，如此不同

生物学上说，晒太阳有好处，有助于激活身体里的快乐因子，增加身体抵抗力，让人拥有力量。

温暖的阳光，让人舒适；炙热的阳光，让人难忍。如同恰当的力量，给人帮助，多余的力量，成为麻烦。

月光不同于阳光，始终给人清亮的凉意，始终与人留有距离，却因为“如一”而给人某种难言的稳定和静的力量。

所以当你缺力量而想要能动的力量时，晒太阳；当你需要平和的静的力量时，沐浴月光。

203 虚弱时，体会当下的幸福

许多情况会让人胡思乱想，比如生病、遭遇困难、心情沮丧。如果能量也会相互传染的话，这些看起来比较“负”的部分，常会相互联结，让人感受到虚弱。

如果说强悍的外表不见得是真强悍，有可能是打鸡血，那么虚弱无力时的感受就稍显真实，因为除了自怜的夸大，对自己来说，其他都属实。

除却这些相互干扰，我们还可以冲破“情绪次元壁”，想想此刻的自己，更像一个活生生的人。也因为此刻，我们发现朋友和家人的重要，能够享受被人惦念、照顾的幸福，在这个过程中，我们的心也渐渐变得柔软起来——这都是当下。

204 承担压力的功效

我们常用“水”来比喻内在，比如“如人饮水，冷暖自知”。

想想平日里与水的接触，若自上而下（洗手时），我们会感觉被冲刷；若是在水中游泳，我们会感受到水的摆动带来的推动力；若是许多水扑面而来，我们就会感受到强大的压力了。

压力来时，紧张恐惧常尾随其后，而紧张常会让人变得“硬邦邦”，在面对压力时，容易遭受撞击。

但如果我们调整内在，回归“水”般的流动，尝试承担这种压力，再找到恰当的方式“泄”出去，则会增强我们内在的弹性。

205 旅行的另一种功效

社会教育我们，要为了想要的全力以赴。可佛家又在说，放下执着。这全力以赴与放下执着之间的差距或平衡，才是最考验智慧的地方。

可旅行不会。

当我们去旅行，无论之前已经做过多少功课，在踏上那片土地的那一刻，我们就在认识、了解、融入一个全新的环境。在这全新的“未知”中，与其说我们放下了执着，不如说我们还没能顾上自己——于是放下了自己。当我们放下自己，才有可能站在另一个角度，观察这已经发生的一切。

所以卡住的时候，去旅行，也许会收获全新的视角。

206 如何学会放下

如果时间由过去、现在、将来三部分构成，过去永远压在我们头上，因为无法改变。而过去的种种，成就了我们的现在，努力造就机遇，懒惰让一切错过。似乎每一个我们，若不觉知，都是活在自己的过去中的。

如何从过去中走出来？说得容易：放下过去。可是，怎么放下呢？

过去已经过去，现在正在发生，将来还未到来，放下就是不念过去，不期将来，感受现在的一切。比如，此时此刻，你在阅读这些文字，体验内心的感受。

207 放下的技能如何练习

生活中许多人都有执念，都知道解决的方法是放下，却不知道如何才能放下。

试想，我们去买东西，提起来，放下去，看似是一个简单的动作，与思维心念上的放下相比，同样的事，都是放下，技能点相同。

冥想的练习过程中，需要觉察自己的呼吸、身体感受、思维，然后放下对某个点的特别关注，让紧张变成自然。

所以，每天的冥想练习，都可以锻炼自己的“放下”技能。同其他技能的获得一样，练得久了，才能灵活运用。

208 走过一段路，停下来的重要性

如果人生就是一场旅程，我们从一个站点，到达下一个站点，再继续。现代社会的许多人，忙着到达，其实不见得对于自己来说意味着什

么，却可以享受比别人先到的快乐。

若一直往下追赶，似乎看不见尽头，因为下一站之后还有下一站，我们的眼睛始终盯着前方，只有目标。

到达一个站点，也可以停下来、低下头，看看来时的脚印，总结自己喜欢走陆路还是水路，擅长什么，这往往能让我们拥有与内心有关的选择权——下一段路，我想去哪里，想要如何走。

停下那一刻，需要的觉察与对自我的“看见”，就来自冥想的练习。

209 休息下来的片刻，做什么

当我们双眼盯住目标的时候，很少会有休息的时间，因为我们习惯于为了我们想要的牺牲自己，尤其在年轻的时候。

当我们有机会选择休息，或是时间让我们停下来休息，这都是一个绝佳的“突破”点。

因为停下来，我们不再需要执着于想要实现的目标，我们不再能够用眼前的匆忙麻痹自己，我们可以有时间面对那个真实的内心，我们也有机会欣赏一直被忽略的蓝天白云绿水青山，以及身边的人。

这与阶段性忙碌和停下来出门旅行是完全不同的概念，而是可以尝试将这两部分结合在一起，因为生活原本就是一体，无法被人为地一分为二。

深呼吸，安静下来，用意识让身体休息、联结、滋养，感受重生。

210 快乐和喜悦的区别

每逢节日，我们常常会以“快乐每一天”作为对对方的祝福，表达我们的美好祝愿。而快乐通常都是指那些由外在事物引发的兴奋的、愉悦的心情。生活在这样的情绪中，阶段性情绪上扬，可惜情绪处在变化中，上扬总会对应下跌。

喜悦却不同，它来自内在的、平静的愉悦感受。因为没有上扬，而能让我们更好地保持稳定。

如果你在追求快乐，不如在冥想中感受喜悦。祝福你的每一天：喜悦随心。

211 超级开心的状态不是常态

想象人的内心是一个罐子，能够入心的人会带给我们某种情绪，情绪越多，罐子越紧绷，甚至积蓄到一定时间就会“自然”爆发。

这是我们通常会遇见的“糟糕”的一面，所以许多人愿意选择转移，或者不听不看。

但它的背面，那些开心得花儿一样的兴奋雀跃，就是这个“糟糕”的背面，是传统意义上的“精彩”。

一体两面，只指同根，它们有不同的表现形式，“根”的部分是心动，甚至乱动，以致以物喜，以物悲，让能量在情绪中消耗而非积蓄。

看见这一切，不爆发，不激动，尝试转化，才有机会进入更深的平稳安宁。

212 开心激动时，反而难以保持情绪稳定

若是简单粗暴地将情绪分为两类，自然有正向负向。那些正向的，让我们轻松雀跃，向上，甚至想飞；那些负向的，沉重束缚，拖我们向下，甚至坠落。

而我们要面对自己的情绪，是找到“平衡”，负的时候拉回平衡线，正的时候不放飞太远，也回到平衡点。

如果说成长是向上，我们受到的教育也在让我们向上，那我们“向上拉”的能力经由训练要好得多。那些我们不常意识到的兴奋向上时候的“向下压”回平衡线，就需要有意识觉醒、有技巧实现了。

213 对号入座的行为，提醒我们提防自大

人们常通过微信朋友圈表达日常生活感受，或喜或悲，或怒或哀，呈现的内容也或长或短，全依个人喜好而定。发出来原本没啥，却常被人对号入座，开启另一轮思考：我最近做了什么吗？

以人为镜常反思，不是坏事，只是不能忘了在思考这一切的自己不是平面镜，而是自己的解读，并不能代表对方的真实表达，就像恋爱时男生不接女生电话，女生在脑海中上演了一整出戏，最后却发现男生只是临时被老师叫走忘了拿手机。

最初的想象，都是自己认为的，若这件事快要激起“我”的思考，可以先试着问问对方，也许这触动是在创造沟通的机会。

214 当你对这个世界或某个人失望

生活中我们常常遇见的一种负面情绪是失望。被失望的情绪笼罩时，我们常常也会觉得沮丧，然后一点一点往下掉，仿佛距离希望越来越远。

在感受上，这可能是事实。但另一边的事实是：你真的在意这件事、这个人、这个世界，或是你在意的这一切原本有机会可以一如你的心愿——因为失望只产生于它没能如愿。

如果希望是期待，是起点，失望是一次尝试之后的结果，一次失望如何能够抹杀希望？

为你所期待和在意的努力，是能做的。

215 成与败，只与你有一半关系

我们每做一个决定，从结果来看，都有“成”或“败”两种可能，而两者的比例各占50%。

成，则皆大欢喜；败，则成为反思或堕落的起点。

若成，需要天时地利人和；败，则更容易看见性格：一些人怪自己，一些人怪别人，一些人怪环境……

所有不归“我”的原因里，“我”至少占50%，因为“我”选择了“被影响”，无论无意识或无所为；而“我”也只占50%，因为那除却自己努力以外的事情，“我”无法掌控。

能明白这些，成与败就都是丰富经验的方式，本质上没有区别。

216 游戏里可以学到的生活哲学

科技发展带来的便利让我们有越来越多时间解放双手，闲来无事的时候，游戏成为许多人的选择。

无论哪一种游戏，都有几个共通点：遵守规则、体验输赢、玩儿开心——一个是起点，一个是终点，一个是过程。

所以不爱玩儿游戏的人，常被恼人的规则挡在了入场之前；看重输赢的人，似乎筋疲力尽，让身体为思维牺牲；不动脑子的开心，终有局限。唯有那些能让人体验这三个阶段的游戏，在游戏中体验过这三个阶段的玩家，才有机会悟到：人生，是一场游戏，也只是一场游戏。

然后，带着游戏的心态，去经历它。

217 赠人玫瑰，手留余香

现代人说穿越，大多从现代带着“先进”穿越回到古代，但若有古代的人穿越来到现代，大约会念叨一些现代人失去的品质，比如善意、丰富、高贵。

当我们感到迷茫，常会转头看看别人，别人有，我没有，引发焦虑，无意识开启追逐，即便并不知道那是不是自己想要追逐的——追逐背后，仍旧有一个空乏的内在等待被填满。

而内在富足的人，就不会急着寻求补充，反而因为感受到丰盛，而愿意付出和给予，就像水满溢出一样，是一个自然而然的过程。在付出与收获中，人与人之间建立联结，人与人之间的关系开始如水一般起伏变化。

真心的给予与收获是同时发生的，是彼此共同的享受与体验。

收到玫瑰的人内心愉悦，而赠人玫瑰者，并不期待对方的生活因为这一枝玫瑰有怎样的改变，而在能够给予玫瑰的心境中品味着手留余香。

218 等待，正在创造安静的美好

快节奏的社会里，我们不愿等待，总希望快一点成才，快一点成功，仿佛这个“目标”实现了，我们就多一点时间奔向下一个“目标”，更好、更成功。我们像一只在不停旋转的陀螺，从一个点到另一个点，期待越来越快，不愿停下脚步——仿佛停下，它就不复存在。

等待，与这种快速实现是完全不同的心态：安静下来去体验过程，每天加入一些新的想法、期待，然后一点点靠近、完成。像栽种植物或孕育孩子，在等待的过程中陪伴着成长、经历，心怀希望与欣喜。

看看那些期待约会的恋爱中的女孩，她们身上还保留着等待的品质，而这个品质让她们绽放美好。

219 坚持附赠的其他品质

同样的时间段，如果有两个选择：完成一件大事；每天花一点时间做同一件小事，许多人会选择前者。因为后者看起来就像是每天的“重复劳动”，没有挑战，也没有什么成长，反倒是在做一件大事的时候，我们需要计划、执行，需要随机应变，我们有更多机会从中收获。

可许多能力都是从小事中培养起来的，在一天又一天的重复中，让自己面对不同的时间、地点、条件，并在过程中发现与昨日的细微不同。

如果没有“轻敌”地选择坚持，渐渐你会发现心静下来了，观察能力提升了，意志力渐渐凝聚起来，也渐渐收获耐心，更重要的是，实力积蓄带来的信心让人更加安定。

坚持一件小事，比如每天冥想5分钟，你就在创造“奇迹”。

220 你每天都在收到惊喜呀

许多人喜欢在生活中收到惊喜，因为是“特别的那一个”，所以对方会用心准备，也许比收到惊喜更准确的是收到对方用心对待的真心。

许多人讨厌惊喜，也是同样的理由，对方若待你如此有心，期待回馈，你不想给、不能给，惊喜就会成为负担。

若我们称那些意料之外、让我们开心，并且有所“收获”的是惊喜的话，其实老天爷天天都在给予惊喜，遇见谁，会发生什么都无从提前想象，并且也不求回报的。

若你想要惊喜，抬头看天，你正在被老天爷认真、用心对待呢，收获你独一无二无法复制的经历。

221 独自散步，轻快到哼起歌来

当我们独自一人行走在路上，有时候我们忙着用眼睛关注四周，有时候我们着急用耳朵去倾听周围发生的事情，又或者我们的头脑停不下来，不断演算着下一步计划，或是回忆过往发生的一幕又一幕。

也许我们沉浸在某个片刻的情绪中忘乎所以，也许我们在繁忙的谋划中欣喜若狂，但我们都不在当下。

眼睛所见，耳朵所闻，若能激起我们的注意力，回到现在，再主动将注意力回归到自己身上，感受双脚与大地的联结，手边耳旁吹过的风，肩膀的起伏变化，腰腹和小腿肌肉的收紧，从脚边到头顶，你与自己在一起，轻快着、轻快着，禁不住哼起歌来，你甚至想要脱下鞋，用光脚丫子亲吻地面。

这个片刻，就是喜悦欢愉的自处，享受大自然的疗愈。

222 稳定期，最适合“挖掘自己”

当心那些看起来平顺没有什么明确追求的阶段，因为我们很难区分这一切是真实的，还是自己描绘的幻象，但无论是哪一种，都有一件可以在这个时间段做的事情，就是“挖掘自己”。

若这一切是真实的，恭喜你完成了之前的目标，在一个相对平稳、安全、可应对的阶段，我们才能够不慌不忙寻找下一个腾飞的起点。

若这一切是幻象，那它的背后，也隐藏着一个巨大的“不想面对”，而唯有挖掘才能发现那个障碍究竟是什么，它身上的明确标记如“魔咒”一般，当你发现它时，就有机会去打破它，迎来新生。

223 让回忆过去

秋天适合思念，也适合回首过去。有趣的是，当我们回忆过去的时候，时常能够记得的都是回忆中“好”的部分，像极了时间这个治愈师，选择性留给我们那些“好”的。

“坏”的记忆不是不在，只是不会被主动想起，于是在那些酒醉的夜晚，情绪不稳定，或是负向能量扎堆的时候，相伴而来，让我们感受曾经的愤怒或不甘——那些还记得的，就是时间的筛子筛选之后依然未能消化的。

有时候我们会想办法疏通自己，希望可以走过，但其实过去的事情，已经过去，我们只是需要放下对那个人、那件事的执着，像每一天都是新的一样，共同创造新的回忆。

224 什么样的人不愿意收到惊喜

生活中绝大多数人都喜欢收到惊喜，因为惊喜里藏着那个送出的人对你的心意和祝福。

有些人不喜欢惊喜，因为送惊喜的那个人如果不了解你，有时候惊喜就会变成惊吓，徒增许多烦恼。

还有些人不喜欢惊喜，是因为一个惊喜出现会打乱他原本的判断、节奏，在那个惊喜的瞬间让他失去惯有的控制力。

但惊喜之所以美好，就是那一点儿心意加上那一份“意料之外”，这不正是生活的乐趣所在吗?

225 特殊的日子为什么重要

快节奏、碎片化的生活中，人们的心意和思维常常追随兴趣爱好一路狂奔，奔向那个想到就让人兴奋的未来。

而那些特殊的日子非常重要，是因为他们很像我们的路标，记录着我们怎样走到现在。

同时，我们通常会对一些寄予希望和快乐的日子做特别标记：生日、纪念日……像给自己挖了一个可随身携带的“能量瓶”，密码就是那一天的日期——时间到，打开，用当时的快乐喜悦感染现在，也在回忆和创造中给它增加新的内容。

226 周末的存在意义

成年后，我们慢慢感受到工作对于生活的重要性，也因为想要更好的生活，便不知不觉间在工作上花越来越多时间精力。似乎，再努力一点，这个工作就可以更快、更好完成。实际上，大家都知道，工作是做不完的。

周末的时光，往往因为与工作无关，所以能够提醒我们关注工作之外的生活——早上醒来，不用急着上班，可以收拾家务、买菜，为自己和家人做一顿丰盛午餐；下午陪伴家人，一同看电视、聊天。

这是轻松心态下内心可以真实感受的生活本身。

227 为什么当人准备去做一件事的时候容易长胖

如果跟自己高中时候的朋友交流，绝大多数人常会觉得那几乎是自己最丑的时刻，且不说有高考的压力，更糟糕的是，还可能长胖。

正如我们在后来的人生经历中，越是想要拿下那个前方的目标，就越容易长胖。被问及为什么时，我们常会回答“不知道为什么，就是想吃”。

好像把自己的身体变成稍大一些的球，我们才能更有“能量”应对这一切——也像极了猫咪在打架前都会先“炸毛”。

吃的行为，是在积蓄力量，用以挑战目标。与其用吃来让自己看似有力，不如相信自己的有力无须外在呈现，每一步都是新的、向着前方的。

228 内向的小孩需要多一些鼓励

父母常常希望小孩能说会道、热情大方、聪明伶俐……因为知道世俗社会的艰辛，就不愿孩子内向，平白错失许多机会。所以在与孩子相处的过程中，父母会情不自禁地开始“改变”他，希望他成为“外向”的样子。

内向的孩子通常敏感，在平常的生活中也能够拥有不与人交流时的喜悦，所以对气场、情绪、能量的识别能力惊人，所以他们常从事与艺术创作相关的工作。

但是，从能量的角度来说，父母“很爱很爱你”，孩子收到的却是“父母觉得我不好”，于是缩回自己的小世界，拒绝与外界主动沟通。

所以对待内向敏感的孩子，父母需要更多细心、耐心，用心去浇灌，才能让他绽放属于自己的独特光彩。

229 为什么许多人喜欢动物

人与动物的区别在于，人可以独立行走，人有独立的思维能力。

而由于成长环境、性格、喜好等不同，面对同样的人、事、物，每个人的感知、思考都不相同。而由于人与人之间需要靠语言、文字，甚至肢体动作来阐述自己，对方又需要接收，所以仿佛给相互了解设置了层层障碍。

对许多人来说，与小动物的相处则不同，它们像心思清明的小孩子，即便没有共同的语言，也会直接表达自己（哪怕只是情绪），这会让人尝试主动沟通、表达、付出，体验陪伴与共同成长的快乐。

观察那些可以跟动物安静相处、好好交流的人，在那些平静、喜悦的瞬间，你也可以感受到冥想带来的宁静。

230 与动物相处，我们更像一个“人”

小时候有些父母总是教育孩子，有些宠物很脏，细菌很多，或是很危险，需要小心，许多孩子自小与宠物保持距离，将自己放入安全区间。

与人相处，语言是帮助我们良好沟通的重要工具。随着思维的日益发达，表达思维的语言越发重要，被很多人默认为最重要的表达，殊不知，语言真假与否并不与内容相关，而是与人相关。

与宠物的相处，没有了在人类社会中被刻意训练的语言能力，需要回到最初的语调、动作，甚至细微的表情，用这些“从心”与对方沟通，几乎属于另一个门类的沟通，丰富的是我们自己。

231 独乐乐不如众乐乐

开心时与朋友亲友相聚，我们常常会邀约大家一同吃饭，而比起昂贵别致的菜品，那些我们共同完成的菜肴常能提供更长久的快乐：

相互约定之后的期待；各自准备的“小心思”；彼此共同协作的过程；那一份有共同血汗的“作品”；在后续日子里回忆时的真实欢笑……

有时候经历过程时，我们并不觉得有趣，反而被许多问题缠住，想办法解决。但经历完之后再回想，即便是糗事，也是乐事一桩。

这是全心与别人一同参与的乐趣，这也是与人、与这个世界联结的重要方式。

所以一起做饭好过一起吃饭。

232 融入欢庆和愉悦的气氛中，个体的哀伤会被治愈

人之所以是人，因为能思考，又因为事件而产生喜怒哀乐的情绪变化。愉悦的情绪常带来好的促进，让我们更积极阳光，而那些糟糕的情绪就显得没有那么好，会让人向下坠。

所有的情绪来，都是为了让我们接近内在更真实的自己，只是不是所有的人、所有的片刻，我们都能接纳、发现、转化其中的消极情绪。

如果这时有节日、有团聚、有喜悦的氛围，若能参与其中，就能短暂地“离开”自己的负面情绪，这流动的欢乐，除了能让人与人之间建立联结，还能给个体的心田涌入快乐，加速转化的过程。

233 人的五感始终联系在一起

有些吃货喜欢打卡网红产品，有些吃货却热衷于品尝美味。前一种常见于微博和朋友圈，后一种你跟他说吃时都能看见他眼睛里的光。

为什么大家都爱吃?

味觉负责品味酸甜苦辣咸，找到自己觉得舒适的最佳平衡点，因为乏味的食品会让人索然无味。

每个人都有属于自己的不同搭配。吃到符合自己口味的那一款时，常有一种心花怒放的喜悦，连视力、听力都在那一个瞬间变得比以往好，这是一种“打通”的感觉。

冥想训练我们的觉察力，也是为了让我们更加敏锐地去感受和体验生命。

234 感受一棵树的姿态

许多时候我们看花、看树，是看品种、看外形、看颜色、看价值。

坚持长时间冥想的人，我们前面提过宇宙能量的“合一性”——都是为了那最终的“与梵合一”，用道家的话说，就是在某一个维度，这所有都是“一”。

所以有时候，闭上眼，反而“看见”了，如同许多电视剧作品中的：不要用眼，用心。是指安静下来，与它联结在一起，你就感受到了它的感受。

树温和平润，如果愿意，也可以对着它冥想，也许会有新的收获。

235 自然界中黄金比例的启发

黄金比例是由古希腊数学家发现的，这个比例是指，两条线段，当短的一条的长度除以长的一条的长度时，得到的商为0.618。这个比例之所以被称为黄金比例，是因为这个分割点的存在能够使事物更加自然、更加美。

自然界中大多事物都符合黄金比例，比如：普通树叶的宽与长之比，蝴蝶身长与展开的翅膀之比。时间、季节、温度也在默默遵循黄金比例，每年七八月份是一年的黄金分割点，人体免疫力最佳；人一天有三分之二的时间忙于工作学习，三分之一的时间睡觉和休息最适宜；人在22—24℃的温度区间感觉最舒适，是因为这个温度与人体体温37℃成黄金比例。

黄金比例不需要用尺子测量，安静下来，用心去感受自然与美的“频率”，你就会发现它了。

236 神圣几何的美

神圣几何是指数字的神圣属性以及隐藏着的完美比例结构。较为突出的特点是，在那些看似混乱的自然背后，隐藏着比例完美的结构，比如显微镜下的晶体、自然界中花瓣的数量及其排列方式，都清晰展示了神圣几何的存在。

我们拿“生命之花”举例，它是将圆形拆成许多全等的尖椭圆光环而组成，过程重复七次，同时向外旋转，就能创造出一个“细胞”图案，而第八次分裂，就是一次新的向外旋转，重复下去，无限次，直到创造出母体。

有人说神圣几何是宇宙的密码，它赐予秘密给古代哲学家和祭司，所有寓意和象征符号都暗藏了灵性、心智、道德和物理的新生法则。

在冥想中就会渐渐发现这些自然的奥秘。

237 爱，是艺术的土壤

世人常说，因为爱，世间才有了五彩缤纷的艺术形式和百花齐放的爱的表达。

那些愤怒与悲伤，也是因为爱——不是爱得深沉，何来愤怒与悲伤？是爱的土壤，滋生出绚丽的艺术之花。

爱情的爱，只是复杂多面而有深刻内涵的爱的一部分。爱一个人，让我们探索、发现一个人的缤纷，进而爱屋及乌，了解与他有关的一切。若双方不自知，这个“他”恰恰成为一种限制，隔绝了你与他所不喜欢的接近的机会，而“她”仍旧是封闭的内在，只是比以往打开了一些。

恰当、成熟的爱人，自知自己的限制，鼓励对方探索属于她的未知，在这个过程中，让她感受、了解爱的意义：因为你，我的心是打开的，我爱上了整个世界。

238 散步，是一件浪漫的事

散步的时候，你有怎样的感受？

不是急匆匆地赶路，不是心情沮丧地打发时间，你只是在散步，带一点愉悦的心情，欣赏路边风景、天上的云、河中的水、不相识的路人，还有轻松自在行走的身体。

散步是一件私密的事，是一个人的小确幸。这一刻，自己与自己联结在一起，任脑海中飘过往日画面，你只是看着它们经过，无论内心泛起遗憾或幸福。你行走在天地间，你与大自然在一起。

与一个恰当的人一同散步，是彼此的世界向对方敞开的过程，一同在同一个时空中感受与人相交的浪漫。

239 艺术作品的意义

回忆每次去电影院的经历，你与周围那些陌生人并不相识，你们带着各自的性格、记忆和当时的情绪，甚至可以说是完全不同的你们走进电影院。有趣的是，电影结束的那一刻，整个空间，甚至每一个观影的人，都被某种氛围围绕着，拥有某种难以言说的相同。

艺术作品的魅力也在于此，每个作品以它的形式、姿态、方式“闯”入你觉得坚不可摧的理性思维中，刺激你的内心感受，尝试以不同于思维的方式表达感受：大笑，或者流下泪来，这都是心的直接呈现。

240 与艺术接触的重要性

回忆智能手机出现之前，我们的生活中似乎有更多美，植物之美、动物之美、食物之美、建筑之美……不是通过屏幕或图片，而是这些东西本身在人面前呈现的美感。

而智能手机出现后，图片、视频放大了屏幕的功能，一方面让我们更快捷，另一方面却让我们与物之间有了“隔阂”。时间久了，这每天通过屏幕而来的爆炸信息似乎给我们的生活建立了屏障，让我们失去了感受的能力。

越是这样，越需要走进艺术。因为来源于生活的艺术将人、事、物的特性以艺术家的方式放大地呈现了，让你通过作品进入艺术家视角，开启感官，也因此，我们更像一个活的人，与世界联结在一起。

241 拾起自己的坚持

有一则小故事流传已久。

有一位老人，常年住在海边，他每天的重要“工作”就是傍晚在海边将被海水冲上岸的小鱼放回大海。一天，一个孩子经过，问老人这样可以救多少鱼。老人回答说：每救回一条，对这条鱼来说，就是一整个生命。

站在鱼类或是人类的角度，老人做的似乎都是微乎其微的事。一个人的能力即便被无限开发，也始终有限。世界有原本的轨迹，如同海浪有海浪的节奏，每条鱼要生存就需要从很小的时候学习识别。

众人只看到了老人的杯水车薪，但老人之所以难能可贵，是因为他见到了这力所不能及的场景，接纳着被救的鱼的感恩欢喜，感受着没来得及救的鱼的怨愤悲凉，承担着有些鱼“你看人类都这样”的误解，却仍旧坚持做着自己力所能及的事。

冥想，就是在看见、放下之后，拾起自己的坚持。

242 找寻心中所爱

冥想时，看见念头、想法，放下，但放下不是目的，因为漫长生命中我们需要拾起一些什么，而这些“拾起”因为我们的加入变得有所不同，这是我们对世界的回馈，也是个体生命存在的意义。

想想那些感觉身上自带力量的人，大多因为心中所爱点燃了自己的力量。也有人说，因为想要守护某样东西，而让我们感觉自己充满力量。这个“想要守护”，就是我们所爱。

爱的本质不是拥有与占有，而是付出、给予，因为我们有付出、可以给予，所以我们迸发出强大的力量，这是“爱”的力量。

冥想，让我们更清晰地感受到爱与联结。

243 从兴趣爱好入手

许多时候当我们谈到爱，往往会想到人，但其实，如同那句“相信爱情，不要相信你爱着的那个人”一样，在自己还不能知晓爱之前将这些“寄托”在另一个人身上，不仅是交出了自己的安全感，也在一定程度成为对方的负担。

我们提到的爱，更多是指那些去除人的因素后依然让你心生喜爱的事物，它们看起来就像你的兴趣爱好，比如旅行、阅读。只要你愿意，它就一直在那里，愿意打开自己接纳你，见证你的成长与进步。

我们每个人的内心中，都有许多爱可以奉献，只可惜我们不是生来就会找到自己的方式表达爱意。从冥想练习中，从发现的、要拾起的兴趣爱好入手，感受自己独一无二的爱的丰盈，提升自己爱的表达，慢慢让你的爱传递给身边的人。

244 我们所热爱的，是我们内在启动的源泉

幼年时，我们常听到一句话：兴趣爱好是最好的老师。

不是说兴趣爱好会“教授”你如何靠近，而是因为我们“喜欢”“热爱”，我们会自己去走近、收获，这是与填鸭式教育完全不同的感受，是快乐的学习过程。

成年后，在工作中我们以解决问题的思路来成长，因为我们“想”解决它。

所以当思维决定能不能、何时能的时候，我们的心力决定了想不想、有多想、愿意为此克服多少困难和阻力。

当我们靠近那些我们热爱的人、事、物，我们就常常可以调动主动性，主动思考，主动解决，最大程度地开发我们的创造性，实现自身价值，实现目标。

如果说这个世界上真的存在魔法的话，冥想就是启动这一切的开关。

245 当心底的勇气被激发

生活中，我们常说，很多人有勇气，多数是因为他做了一件在别人

看来多么不容易的事情。

事实上，每个人的性格不同，有些人对未知的世界充满探究的欲望，跟随内心去做了，在别人眼中也许是“勇气”，于他而言只是从心。

我们对勇气的判定，更重要的是，对于他自己来说，他是否可以面对自己的缺憾，是否可以接纳，是否可以在接纳的基础上做出改变。

就好像一个平常大大咧咧的人，能够面对自己的粗心，逐渐变得细致，并开始有意识调整“天性”，学习某种可以安静细致的爱好；或是有些在感情上一向选择被动和退缩的人，能够尝试面对，这才是心底生出的真正的勇气。

246 青春里五彩斑斓的印记

青春的时候我们总爱装成熟，想让自己看起来懂得多一些；成熟以后又总忍不住装嫩，想努力抓住青春的尾巴——似乎总在努力成长为“不是现在”的自己。

可也只有在青春逝去的时候，再回首，才会发现青春年代里那些调皮、搞怪、胡闹，甚至哭泣，这些放大的情绪都是青春里五彩斑斓的印记。爱一个人，疯狂欢喜，心有委屈，会崩溃大哭，没有成熟之后的克制，反倒轻松畅快。所以难怪电影情节里好多人想回去再经历一次青春，想完成过去由于装酷带来的遗憾。

别老想着回到过去，享受此刻成熟稳重的自己，不也很好？

247 偶尔“皮”一下带来的活泼

我们常把生活中某个人的行为与品质挂钩，他这样做了，于是乎他是一个怎样的人——甚至不曾询问对方为什么有这样的行为，就扬扬自得陷在自以为是里，以为了解了一切。

这样的自己，是成熟的、沉稳的，甚至严肃的、认真的。

时间长了，需要不断巩固的清晰呈现，需要在“对”的基础上不断延伸，而稳固、发展，从而渐渐变成一个麻木、古板、有迹可循的人，失去灵活，甚至失去“活性”。

偶尔“皮”一下，跳脱别人对自己、自己对自己的限制，娱乐自己也娱乐大家，在这样的活泼里，清楚知道——我，是这样一个我。

248 心想事成的秘密

前面说过，冥想是为了感受和实现“与梵合一”，回归大自然的振动频率中，体验更深层的宁静、生长。

当你与大自然的一切都在一个频率中时，就好像同一速度的汽车彼此看起来是静止的，似乎出现了一个动中的“静”时空，可以彼此感知。

如果我们将外在认为是环境，我们是其中微弱的个体，容易被环境影响。但当我们感受到这种同频的时候，我们在与环境的互动中便拥有了“主动发声”的机会，那些我们发自内心渴望的意念，就会“自动”

向宇宙呼叫。可惜的是，宇宙听不懂副词。

当一个人说“我不想要被人欺骗”时，往往他会遭遇欺骗。因为，“不”，就是那个宇宙听不见的副词。

每天花点儿时间，或在冥想结束后向宇宙呼唤（一些人称之为“向宇宙下订单”），我们将渐渐感受心想事成的喜悦。

249 你真心想要的，宇宙都会来帮你

现在很流行的一个心灵成长名词叫作“吸引力法则”，大致意思是：那些你发自内心期待、并为之付出努力的事情，宇宙都会来帮你。

我们能够听见不同的声音，是来自震动，而不同的声音、不同频率的震动在这个世界上以我们不能清晰描述但却真实的方式存在着。相同频率之间，总会相互吸引。

当我们全身心都在期待着某件事情，甚至能够清晰想象这一切发生的时候，我们就在那个“想象”的瞬间将自己调整到了理想频率，宇宙收到你的“订单”之后，就会安排相近的频率靠近你。

所以拧巴的始终拧巴，举步维艰。与自己和解的，全身心愉悦。

250 别小看了某些“小事”

秋天是一个收获的季节，也因为“理应”收获，所以当我们看不到

自己预期的收获时，很容易发生心态崩溃的情况，压力倍增。又或是正因为收获，我们更加繁忙，需要在不同的角色之间来回切换，常常分身乏术。越是在需要力量的时候，越会感受到自己内在力量的局限。

如果现在的挑战大于自己的常态水准，除了硬扛，除了脑力散尽需要瘫着之外，还可以给自己安排一个简单、单一、重复的小事来进行调节，比如编织、运动、走路、盘珠子，甚至回归家务，扫地、拖地、摘菜、剥豆子等不需要启动大脑但是可以让身体活动起来以释放压力的活动。

毕竟，那些你愿意迎接的挑战，不会将你击垮，是因为你有“潜力”承受，过了这一关，你会成为比昨天更强大的自己。

251 放轻松

成年之后的我们，因为对自己和对环境的了解越发清晰，很容易发现那些对我们来说重要的东西。重要，似乎就意味着认真对待，尽力，给予最好的状态。

这样做会带来一定的压力，而我们的压力和行动会影响整件事的走向。这种压力可能是因为担心自己的行为会影响结果，也可能是某种逃避的借口，重点是，你压抑了自己，何来轻松？

请相信，那些对我们重要的人、事、物，让我们有机会用心体验与之相处的过程，所有真实的反应组成了体验本身。

结果，交给老天。所以，放轻松。

252 不同音色里，隐藏着放松诀窍

我们常常不敢“摆弄”乐器，如果我们没有经过比较系统的训练，总是担心自己弹错了怎么办。

最初的音乐，还没有具体形态，它依照人的情绪和感受而变化万千。仔细聆听，不同乐器发出的不同音色，身体对它的感受是不同的。我们以瑜伽的脉轮来举例，澳大利亚传统乐器迪吉里杜管对应我们的海底轮，鼓对应我们的心轮，手碟对应我们的顶轮……

尝试放空自己，对音乐给予信任，让自己沉浸在音乐中，感受那一个部位在音乐的带动下，从安静到活跃，到带动身体其他部位。

这是乐器自身可以带来的冥想，是音乐与人的联结。

253 越是忙碌，冥想越有必要

我们如何理解忙的状态？

为一件事奔忙，或是同时做许多件事——需要内心源源不断地给予能量，支撑我们在一件事上精准挖掘或是轮换于不同事情之间。

有时候我们会通过睡觉来实现能量补充或者“换挡”，但绝大多数时候，我们在“入睡”前需要放松，而往往在时间紧张的情况下，当我们刚刚放松下来，那个小憩的时间就到了，睁开眼开始新一轮奋战，然后，越来越疲惫。

冥想之所以在这样的时候非常重要，是因为它保持了身体的“清

醒”，给予了身体和头脑一段“清醒地放松下来”的时间，在这个过程中，我们不是“强行”放松，而是主动用意识关注、引导放松，往往会有事半功倍的效果。

254—332 瑜伽的人生之旅

254 让人痴迷的事物总闪闪发光

不同的人有不同的穿衣风格，但即便风格接近，也因为每个人气质不同而有所不同，但总有些人，即便穿着普通，也常让人感觉他如此与众不同。

遇见的这样的人多了，我们便容易发现他们身上的相同之处：都遵从自己内在的期待，坚持走在一条自己选择的路上，然后在这条路上经历春夏秋冬，一个阶段又另一个阶段。

那些在别人看来枯燥乏味的，却成为他眼中的有趣。因为发现了别的人、事、物有趣，在钻研之中渐渐与这些有趣融合，仿佛同自然一起生长一般，让那一份选择深入心灵。

所以找到心中所爱，这才是开始。

255 回到自然，回到自己

我们没有生活在一个真空环境中，而是时时处在比较中。而比较的存在，常会由于优异与否、多少与否，使人感受到不同程度的压力，尤其当内在的选择与“大多数”相悖时，内心的坚定更加不易。

概率的计算以实物的结果为统计标准，而放在每个人身上，无非成或者不成两种。成或不成的原因，也各有不同。多数人可行的，不代表你可行；多数人不可行的，也不代表你不可行。

内心有矛盾冲突时，回到自然，安静感受生物平和喜悦的气场，感受自己的存在，将注意力回到自己。

这就需要冥想中练就的“拉回”的力量。冥想的训练，观的是心，修的也是心。

256 倾听自己内在的声音

我们以为了解自己，因为我就是我啊，但往往有时内在的声音冒出来，让我们觉得可能内在还有另一个自己。有时是在跟别人进行比对，有时是在选择的岔路口不知道何去何从。我们有时很难分得清，这个声音是来自欲望，还是来自内心深处的渴望。

冥想状态中，当心湖平静，我们更容易感受那个内在的声音。选择倾听，不仅在练习倾听的能力，也在收获那个挥之不去的声音带给我们的新体验。

257 创造力来自哪里

当我们问那些有天赋的人如何创作出绝伦的艺术品，常听到这样的回答：是这样的念头突然跑进了脑袋，于是他们用自己擅长的技艺将它表达出来。

创造力的源泉，来自那说不清的更高的存在，可少不了人的努力，当他识别那最适合自己的且精进至合而为一，就距离真正的创作不远了。

如果能量守恒定律适用于所有的维度，当我们要产出那丰富、有内容的“产品”时，就意味着我们需要从更多的内容中“汲取”灵感，再收录进自己的“熔炉”进行融合，使之成为“新”的。而这能够给予我们的“更多的内容”，是那些“原本不属于我们的”，是新的视角、新的思维、新的体验。

冥想让我们净化自己，像一张白纸一样去听、去看、去感受、去了解。

258 内在真正的勇气和动力

我们很容易说出自己想要什么，尤其是在有所比较的时候，但正因为存在比较，我们无法分清是真的想要，还是因为这两个之中这个好。

有个残忍的游戏叫“生命中的五个人”，讲述你带着生命中重要的五个人去旅行，结果路上遇到各种难关导致你需要不断舍弃的故事。第一个舍弃，看起来还好，第二个、第三个内心慢慢开始百感交集，谁都舍不得，但又不得不放手。在这样的“筛选”之后留下的，最接近于你想要的。

当我们有所缺失的时候，想要感受和体验一下，是“想要”，但这种想要远不及我已经感受过、体验过但仍然想要来得情真意切。

冥想时，我们区分这一切，找到内在真正的勇气和动力，去实现它，去经历风雨。

259 给自己停下来的机会

我们常从自然界里得到许多提示，土地需要歇息才能为来年的丰收提供养分，渔民需要保护育苗期才能在下一年收获更多可以捕获的鱼。人，在阶段性的时间里，需要给自己喘息的机会，以便更好进行。

停下来的时候做什么？

不是铺一张白纸，计算目标完成了多少，得失哪个更加合适，因为这一切都以事件或结果为导向。而是安静下来，问问自己，这一路高兴吗，疲累吗，那些委屈和辛劳是否过去，肯定自己成长的地方，也告诉自己还可以努力的地方，像一个充满智慧的良师益友。

在这个过程中，放下情绪，在看见自己的片刻接纳这样一个自己，准备开始新旅程。

260 了解内在自己的吸引力法则

一个人，每一天要与许多人相遇，这一生与许多人产生交集，有些人一转身就是一辈子，有些人携手同行，有些人知己一世。人与人之间，无论如何相遇，总有属于自己的机缘。

那些我们愿意接纳进入生命的，我们总是在对方身上“照见”了那对自己来说珍贵的、重要的东西，或是因为在对方身边，我们呈现出更喜悦的自己。

物以类聚，人以群分，看看身边的朋友，了解内在自己的吸引法则，也就遇见了这样一个自己。

261 真正的觉知都是从内在开始

我们常常明白许多道理，或是在某个瞬间顿悟“原来是这么回事”，但真正的觉知是从内在开始的。

当我们的世界只有自己的时候，前行总有方向，少有退路，无所畏惧，但当我们拥有所爱的人的时候，我们会看重，因为看重，会体验恐惧，不愿失去，甚至担心最真实的自己出现在对方眼前时会被如何看待。

而爱的力量开始觉醒在觉知中，使你可以面对自己的真实，可以尝试袒露真实，也拥有对对方的信任。当我这样做了，我相信这是我们建立更深层次的联结的基础，我愿意在你的见证下，让曾经不自知、不和谐的自己渐渐合一。

262 面对那一刻，勇气自然来

生活中我们常在一些时候需要勇气，尤其在那些我们充满期待想要完成但明显知道自己力量不够，不知是否可以承担一件事的时候。但是坦白说，这时候需要的信心多于勇气。

什么时候真正需要勇气呢?

外界环境无论如何糟糕，“我”都有可以改变的机会，“我”还可以继续找寻需要的智慧和勇气。

当我们面对自己的“糟糕”时，常被一种看似无法破解的无力感袭击，因为这就是“我”呀，我如此“糟糕”，我可以做什么？事实上，这样的面对才最需要勇气，直面看似“无解”的残酷。

真正的勇气，生出信心，滋养内在之花，促使我们成长为自己全身心期待的样子。

263 在一段关系中明白自我的意义

有时候我们找不到自己存在的意义，于是寻找另一个人，因为他（她），我们面对真实自己时不会觉得寂寞孤单，因为他（她），我们拥有成为更好的自己的动力。在这样的内在驱使下，内心常常充满不对等的感激，或是内疚，难以真正实现一段关系中的平等，就更不用说对等的交流了。

事实上，因为每个人都有属于自己的看世界的“眼镜”，如果我们是近视眼，我们的近视镜会帮助我们看清世界，但如果在我们不自知的情况下误带了放大镜，或是显微镜，那我们眼中的世界和真实世界就相距甚远，无论我们如何用华丽流畅的语言表达，也都不是真实的。

如果我们将想要成为的自己完全与对方的期待或反馈挂钩，很难说是南辕北辙还是越走越近。

我们需要一段关系，感受对方眼中的自己，我们更需要在一个人时仍然清楚自己，感受（甚至享受）一个人的独处时刻。

这就是冥想中常会体验到的：你从来不是孤单一人。

264 改变，从接纳开始

改变一种到达的方式很简单，原本走着，还可以选择跳着来，或者坐车。

改变一种性格很难，正如俗话说：江山易改，本性难移。平心而论，也没有人愿意被别人改变。但若没有“改变”，我们如何拓展我们生活的各个方面呢？每一次向前推进，都让变化发生。

当意识到要有所改变的时候，别急着反抗，因为“我们”自己不同意的变化从来不会发生，它的出现，首先需要我们面对、理解，当心里愿意尝试着做些改变，周围的一切就会开始发生变化。

265 突破那个曾是困兽的自己

一个人的认知总有局限，人类的认知也总有边界，难以与浩瀚的宇宙相提并论。

意识层面与潜意识层面的认知决定了我们的心智模式，我们在自己的习惯性设定中经历人生，那曾让我们受益的，也终将成为我们的限制。

人需要突破。

过往的认知若是我们保护自己的壁垒，那总有一天，我们需要打破它，从保护自己换为融入世界，借由信任走出曾经的“画地为牢”，才会有真正的决心去用“有待不断增补”的眼光看世界。

266 新的世界

我们总在经历中学习，让经历成为经验，所以每当用心地走完一个过程，我们自己都比过去更丰富一些。

这些“新来的”让我们更开阔一些，更宽广一些，更强壮一些，更勇敢一些，让我们敢于从自己和小家中走出来，走向更大的世界。当我们带着这些新的了解和洞见走向世界，就会启动新的循环，让自己在更大的环境中发光闪亮，开启一段新的旅程。

267 升级所需要的蜕变过程

就像与婴孩交流，他们总是依据我们的反馈与我们互动，当我们能够以一种全新的眼光、思维看待世界，世界也会反馈给我们与过去所不同的新的收获。

如果以往只能看见一个维度，现在可能增长为两个、三个、五个。这对个人能力来说是非常重要的升级蜕变。

生命的成长，不是完成事件一般地向前推进，而是在经历的启发下呈现螺旋上升的趋势，可以站得更高，看得更远，拥有更多选择，也影响更多人及更广阔的世界。

268 给自己时间，整合内在

当我们重新与外在世界联结，意识到这是自己重要的蜕变阶段，接下来要做的事情，是给予自己时间，整合内在，将那些好的、不好的，以及背后的原因弄清楚，同时放下这一切，将优的、劣的都清楚明了放在明面儿上。

将这些不同方向的内容列出来，除了自己明白这一切之外，还可以尝试寻找一条自己可以接受和了解的主线。

每个人都是不完美的存在，有所长必有所短，但那条主线指向的事件，当你全身心去完成的时候，过程中的整合，就是自己与事件的丰富之旅。

269 过去或环境的制约，都会成就你

生活中我们总在比对，我们需要两相比对的食物来判断自己内心的喜好，我喜欢A不喜欢B，若A和B未曾出现，喜欢与否也只是空想。

所以无论我们内心多么向往自由，我们仍旧活在过去或环境的制约中。我们可以选择在过去中安稳，关注那被限制的，也可以借由这些制约，了解规则的同时，活出内在更坚实的自己。

重点始终是：你是谁，你想如何生活？

270 在“轰然崩塌”中发现最稳固的东西

我一位好朋友，长我十几岁，在我23岁那年告诉我说：30岁之前，我们的各种“观”都会崩塌，因为好多时候，“地震”不来，你根本不知道什么是稳固的，而那些震荡之后留下来的，才是你的。

我后来渐渐发现，这样的道理也完全适用于生活。许多时候我们所谓的“知道”，只是我们以为自己“知道”，借由这种轰然倒塌，我们才能更清晰确认自己想要成为的样子。

就像真实虽然美好，但不是所有的真实都是美好的，任何一件事物都有它的两面性。那些能让我们坚定稳固向前的，最初来的时候往往让人感觉“痛彻心扉”。

相信正在发生的一切都是上天给你的礼物，即便有一些看起来“有点丑”。

271 崩塌之后的重建从哪里开始

许多人遭遇“不好”时，会极力掩盖、经过这一切，似乎换位成了新的，那曾经的、旧的就自然不复存在。

潜意识不就是自己在每一次掩盖过程中的“自我选择”累积起来的吗？但那些看起来很好的，也难逃“又一次崩塌”的厄运。

我们骗得了自己的思维，却很难骗得过内心和更大的存在。所以另一种选择的方法是，安静下来，在深沉的呼吸中与自然联结，开启智慧，去看这一切的出现对于“我”的意义。

272 回忆自己生活中的循环

那些在生命中反复出现的部分，都有一种可能的原因——为了让我们意识到它们的存在。

有时我们以为自己是在经历完全不同的事件，但除却具体参与的人或某件明确的事，在“我”这里是一样的，比如总是因为同一个瓶颈来更换工作，比如每一段恋情中的未曾主动争取……

相信每个生命个体的独一无二，也正因为如此，现在的我们要走的路比过去更宽广，不是改变过去，而是拓宽过去。

这一切，都在那生活的循环中。

273 怀揣一颗赤子之心

当我们遇见单纯干净的心灵时，总觉得美好，仿佛看见一朵花开。但有些美好单薄得可怜，似乎经不起风吹雨打。反而是那些经历过艰难磨砺的，即便没有美得惊艳，我们却在一次又一次的接触中，发现它由内而外散发的纯粹。

如果现实是一场考验，内心不够坚定的时候很容易就把自己内心那一份单纯美好遗失了，而守得住的，则被锻造为赤子之心。

虽已行路千里，仍要心怀善良和美好，相信世间仍有诗与希望。

这样的心，往往才能发现美好，将单纯净化为天真。

274 梦想的副作用

幼年的教育总会让我们提前寻找梦想，因为前方越清晰具体，我们就越能拥有更直接有力的动力。

但这里的悖论就在于未曾到达，仅是听某一个人或某一群人的介绍，那终究都是“幻象”。幻想，想一想就很满足了；幻象，终究会破灭；梦想，让人有前行的动力，有勇气超越幻象。

所以在为梦想动身之前，我们既要清晰想象，又要知道那不是真的，我们可以期待我们想要的，但别忘了最重要的在于自己的创造过程。

275 完成并不难，难的是磨炼内心

就像两个人最终走在一起，最初的相遇可能因为各种各样的原因，过程中也经历各种不同的分分合合，如果我们将在一起设定为“完成”，那与上述过程所不同的，还有一个“自己”的维度。

喜欢一个人，嫌弃一个人，跟一个人尝试磨合妥协，愿意对一个人做出承诺，能够尽心与对方一同创造回忆，在这条路上，每一个阶段都是对自我内心的“修正”。

初心在前行中不断确认，并且能够穿越风雨仍然在最初的基础上完成，这并不是易事。也正因为走过这条路，心变得沉稳安静。

276 问即是答，你就是己师

当我们心有疑问的时候，往往会求助于外界。如果把混乱或是迷茫的内心比作乱七八糟的毛线球，我们找人来帮自己梳理，就会在下一次混乱的时候，继续开启求助模式。

其实我们也可以换个角度，当我们向外求助、尝试表达问题的时候，我们就在通过“向外”的方式梳理、清理内在，当边问边梳理的过程完成，自己也就知道了原委。

依旧要感谢对方，谢谢他的“不为所动”“不添乱”，给予我们时间和空间，还有更重要的——值得信任。

所以，问即是答，你就是己师。

277 源头的力量

许多地方在孩子周岁时有抓周的习俗，是说让孩子在毛笔、乐器、画笔、舞鞋等物品中自主选择，拿起最喜欢的一样。而家长会根据孩子的选择来对他进行培育。

于是，有些孩子选择了毛笔，有些孩子选择了舞鞋，在那“独一个”的选择中，选择了自己最感兴趣的那一个。我们每个人不同，在这么小的时候就可见一斑，长大之后也同样。

现代社会侧重于培养人的“想要”，也是因为“想要”，联结着我们内心最重要的力量源泉；也因为“想要”，我们能够有勇气与决心面对前行路上的艰难困苦。

内心的源头，最直接的方式是“想”，其次才是间接的为名为利为其他。

278 从“一”变为“二”的可能性

生活中，当我们听到事情的另一种解释或另一种可能的时候，一部分人会笑着听，接纳为自己的新的补充，另一部分人则感觉受到了“挑衅”，开始据理力争。不同的心态往往决定我们做人做事的方法，无疑，前者包容平和，对自己和将来有信心，后者尖锐，看似强势却外强中干。

自然界的整体是“一”，如同梵，而梵中又有许多“二”，呈现出丰富多彩。就像一只鹰，可以用爪子在地上走，也能展开双翅在天空翱翔，问哪一个对，其实两个都对。

所以一个“正确”的对面，可能是另一个“正确”，因为这个世界原本就藏有许多可能性。

279 用心感受、去经历

现实生活中，我们常因为一个目标向前努力，专注的人为了目标燃尽所有能量，爆发极致创造力。

到达之后呢？寻找下一个目标，如此循环往复。

如果说，那目标存在的意义只是为了让你开始走上这条路，而路上遇到的某个人、某件事才继续往前推进你要走的下一段路——如果只是盯着目标，如何发现这一切？

相信自己，也承认在自然和奇妙的世界面前人的渺小，尽力去完成目标，同时用心去感受、去经历，就更容易发现生活原本给你准备的小礼物。

如此，我们不仅享受目标实现的快乐，还能在整个过程中感受喜悦。

280 在参与中学习人与人的平等、共同创造

每个人都有不同的性格，也有不同的天赋，一些人擅长做决定，另一些人擅长执行或其他，现代社会的快节奏总让我们以为，那些做决定的人有多么厉害，各种神话添加之后似乎不愿相信他也有不擅长的事。久而久之，他似乎就凌驾于别人之上，大家在他的管理下完成某件事。

换个角度讲，船长确实是“最大的”，但对一艘船来说，大副、水手同样不可或缺，只有每个人做好自己需要做的，甚至在自己的位置上有创造性突破，才能实现“这艘船安全快速到达目的地”的目标。

所以，每个人只是天赋不同、分工不同，但每个人本身自由且平等。人与人交往，一段关系的缔造，也是同理，没有压倒性的胜利，只有共同的参与和创造。

281 全然专注于事情中，就会进入新的状态

考试是检验我们是否能够全然专注于过程的重要衡量标准，因为人之常情是期待获得好成绩，只是当对“结果”的关注大于过程时，我们常难以得偿所愿。

全然地专注于事情中是怎样一种感受——仿佛整个人沉浸在事情中，眼中所见、耳中所听，除了它再无外物，整个人围绕着它旋转、跳跃、不停歇。

认真的女人最美丽，这种认真的状态，就恰似这样的全然专注。

当几个人为了实现同一个目标而奋斗时，每一个人都专注于其中，充分感受到共同的力量与喜悦。

282 成功之后可以轻松片刻

在全然参与和体验的过程中，我们往往会忽略对重点部分的期待，但正因为这样，我们反而会收获成功——像极了一个画面：当我们心无旁骛做着自己选择的事情，乐在其中，到达目标的时候，抬起头，发现自己“处在世界中心”，接受来自外界的欢呼、祝福、赞许和肯定。

若只看这一刻，我们可能是不好意思的。若拉长一点来看这条线，这是我们可以享受的“轻松”片刻。

在这样的轻松中，回过头，看看来时的路，在这些“印记”中发现线索，带着那一直以来的热情和活力开启下一段路。

283 面对压力，探索压力源

现代人生活在压力环境中，生活的方方面面总让人“有压力”，许多人用来应对压力的方法是“换种方式来面对”，比如，在工作提升中遇到瓶颈时，就尝试找个兼职来填补内心的空缺。

这看起来是一种行之有效的方法，但当一个人身上这样“转移”的部分过多的时候，多条线运作本身就会成为压力。甚至有时，会让人忙于应对需要紧急处理的问题，而不是那个最初的“压力源”。

所以，除了策略型转移，还有另一种方法，停下来看那压力的来源，将压力转化为动力的技能就是在这样的时刻练就的。

而冥想的练习，能让你停下来。

284 以一个旅行者的姿态生活

物质生活到达一定标准之后，忙碌产生的疲惫就会显现，去另一个环境会比较容易释放我们的辛劳。

旅游和旅行是两回事。

旅游，你是“别处人”，来这里看一看、吃一吃，满足一种未知体验。

旅行，你试着放下别处，甚至放下过去，用一个当地人的方式听、说、看、思考。

人生也是一个去往别处的过程。不念过去，不惧将来，在这里的这一刻，我就是“当地人”。

这样的体验，除了丰富认知，还让我们更灵活地成为一个自然的个体：以开放的心态随时学习，不被结果约束。

285 少，即是多

当我们做成功一件事，很容易给自己理所应当的新目标，做得更好，或者承担更多。若没有调整好“新的部分也要从头开始”的心态，很容易精疲力竭。

这是比较容易觉察的部分。觉察到了，就是新开始。

对于那些有“清晰目标”而一直在不断实践的人来说，他们很容易爆发出巨大的能量去尝试，包括在一个点卡住的时候开启另一件事来补充。

这样的精疲力竭不止身体疲累，更会心累，心累到不愿再开始。

想想水滴石穿的故事，过程中的难易交替都是常态，当全力以赴一个目标，全然面对过程中的快乐、悲伤、欣喜、失望，始终坚持那一个点时，你，就会与过去有明显不同。

286 所有的压制都来源于自己

生活中我们常遇见一些人，压抑着自己的情绪、喜好、目标、方向，人人都知道压抑不好，但压抑背后都有人和事件带来的特定原因。

实际上，无论外界的情况是怎样的，最后这一步“选择压抑”都由我们自己完成。压抑得久了，需要爆发来缓解才能实现自我的平衡。

内心为了想要的东西，总会寻找途径，爆发也是途径。每次的压抑，都在为爆发储备。

换个角度，每一次压抑，都是自己的一次“不如愿”，因为“如愿”是不存在压抑的。再往前看，就能够看见“愿”，每个人有不同的“愿”，帮助我们看见想要去往的方向。

287 创造的乐趣，无可取代

这世上的快乐有三种：第一种是因为得到了想要的东西而快乐；第二种是比较之下觉得自己“赢了”而快乐；第三种是因为得到外物或是比别人更好而快乐。

绝大多数人陷在第一种和第二种快乐中无法自拔，甚至怀疑，哪里还有这样的自得其乐呢？

回来看看我们生活中，那些能让我们快乐到“开怀”的，大多具备这样的共性：我们想要，我们主动，我们创造出了自己的方式，就好像跑步比赛拿到第一很快乐，但快乐指数远不及在规则范围内自己创造出一种新的方法与脚步配合，我们自然可以乐在其中。

创造让我们收获快乐，可除了那些我们创造出来的作品，我们自己，就是创造者，也是创造者的作品。

每一次冥想，都是一次放下、创造的过程。

288 分享是内心快乐的源泉

回忆那些我们“开怀”的时刻，除了感受到对方的表达与自己心意相通，还有那些我们的表达被对方认可的时刻。

每个人都有与别人不同的经历，而这些经历中一定有我们“比别人更有底气”的内容——在盯住“别人有我没有”的部分时，我们还可以看到“自己有而别人没有”的部分。

尝试将这些内在一点点分享出来，在整理和表达的过程中，我们会感受到自己的丰富，到时候，就会全身心感谢那个愿意倾听、给我们机会表达的人，这就是“赠人玫瑰，手留余香”的富足之美。

289 内心的强烈追求，像火焰般燃烧自己

当我们向外“展示”自己的内在时，这些被“亮”出来的内容从感性的“我觉得”，成为理性的“是这样”。

而这样的梳理，往往带来更明确和强烈的欲望和动力——向前，向前。

越是清晰的目标，就越容易让我们动身前往，甚至那些关注结果的人，愿意为了那个“目标”，牺牲或奉献自己。

这种外界看起来近乎疯狂的追逐，根源是你内在的纯粹，你拥有无须成为别人的力量。

290 放大玩游戏时的轻松心态

回忆小时候玩游戏时的自己，轻松、快乐、全然沉浸于游戏中，不用计较输赢，似乎参与过程本身就已经很开心了。

长大后，反而因为想得多了，思虑多了，难以让自己不在意结果，无所谓输赢，尤其是那些人生重大的选择关口，越慎重，越谨慎，越难以放轻松。

人生是一场放大版的游戏，那些我们未曾过去的关卡，始终没有过去，需要自己去通关；而那些已经过了的部分，就是已经拥有的技能，遗失不了。

所以，每一次往前走，每一次尝试，带着觉察，我们都比过去更丰富——放轻松，人生就是一场游戏。

291 顺着生命的走势去经历

生活中有一种人常会吸引我们的目光，那种倔强中带着一丝刚毅，为了某个“想要”而不断努力去完成目标的人。

如果说生命原本对你有另外的安排，你兀自认为你的头脑定下的目标才是你要做的，那就需要你以强大的力量不看、不听、不想其他扰乱你的思想和行动的事情。

在生命和更广大的存在面前，我们其实从来就没有抗争的可能。

生命是什么？

一阵风经过，一朵花开，柳条随风摆动。我们应该像它们一样，坦然自若、顺势而为。

而“势”，从来不是“我”以为，它存在于“我”以外的环境中。顺势，高则高，低则低，相信生命总会给你恰当的安排，而你只需要识别、经历。

292 两个人之间的友谊

男生之间的友谊是不打不相识，最佳损友；女生之间的友谊是分享秘密与希望，相互陪伴。男生与女生之间，有人说没有纯粹的友谊。那么，这个世界哪里有纯粹呢？

如果我们忽略男生女生不同的性格特质，看一个个体与另一个个体如何建立友谊，那想必需要：

我们有同样的土壤（相近的三观）可以交流，我不排斥你；我们看见并承认对方与自己不同，欣赏对方身上某些特点，希望对方成长得更好；虽然我们不同，但在成长的阶段，我们以某种方式见证和陪伴对方经历，一同成长。

像两棵树，我们不同，我们一起去经历，我们以相近的速度生长，我们枝丫偶尔交叉，我们一起拥抱蓝天和大地。

293 感受人群的欢乐庆祝

你是否放下自己，感受周围环境的轻松喜悦，仿佛这件事你并没有太多感受，但是你可以因为感受到其他人的欢喜雀跃而欢喜雀跃，在那一刻，你放下了带着判断的自己，随人群而动。

旅行时更容易产生这样的体验，我们去一个新地方，加入当地人欢快的庆祝队伍中，即便不了解什么情况，但莫大的喜悦真实存在。

这个时候，我们更像一个自然的人，与外界环境融合在一起。这个时候，我们的情绪和情感表达没有抑制，而是自然流露。

偶尔体验这样的简单快乐，是对自己的放松和爱护。

294 减压是为了更坚定地出发

生活中，当我们面对压力时，常会用吃喝玩乐的方式来为自己减压，以便能够更好地应对事情。

实际上，“卸下”负担之后，我们更需要做的不是着急应对事件，而是在这个空隙里创造一个转入内在的静止空间——听得到外界的声音，却不受影响，在沉稳中感受智慧，倾听内心，区分诱惑和机遇，像是给自己“整装”，然后全力以赴。

当我们的注意力不再关注外在而回到内在时，我们更容易产生坚定的力量，不被周围左右。

练习冥想，就是在学习“转向”的能力。

295 每一刻，都是崭新的

生活中有许多看起来积极阳光充满正能量的人，为自己的人生设定目标，然后努力向前，甚至不惜牺牲自己的健康和与家人朋友的相处时间，只为达成目标。

这样打鸡血的生活实际上有一个大陷阱：当你为了定下的目标全力以赴，幻想收获美景的时候，你如何确定那就是你需要完成的目标？

辅证之一是目标实现后的成功与喜悦令人心动，但这种状态难以持久，为了不让鸡血回落，你又需要寻找新的目标，开启新一轮循环。

那些依照过去经验在现在定下的关于未来的目标，如此“全力以赴”“孤注一掷”，是否扼杀了更多人生的可能性？

又如果，目标的出现，只是为了让你经历人生路上的一切，那如此咬牙坚持的过程岂不是难以感受到快乐？

不执着于过去，不沉溺于过去的延展或对立面，而应该让现在成为现在。每一刻，都有来时的路，每一刻，都是崭新的。

296 小时候我们总希望有一个人能带自己走

小的时候，我们总希望有一个人能带自己走，女孩子更容易有这样的幻想：如果有一天……

实际上，每个人的内在都有女性力量的存在，对于男孩子来说，这个希望可以演变为：有一个人出现，我可以对她好，或是有一个人出现，让我觉得我是活的、踏实的、心安的。

当我们将希望寄托在一个还未出现的人身上时，我们就需要花时间和精力去甄别，是他（她）吗？仿佛自己拥有选择权。可在爱情的世界里，哪里有所谓的选择权，让你爱上的那一个，从来都是你心甘情愿的。

想让爱情这场梦醒来，可以做的是让期待和希望回到自己这里，当你有能力带一个人走，也就意味着你可以给予自己安定踏实和幸福，在什么都不缺的时候出现一个“你仍旧想要对他（她）好”的人，才会成就一段两个人的旅程，让人有机会感受与以往一个人时完全不同的丰富生活。

297 区分自我的和别人的

当我们选择跟一个人一起向前走，就意味着我们在同对方一起经历。除了那些事件，还有在事件中有各种反应和反馈的对方。

如果没有觉知，我们很容易以为自己了解的是对方想要表达的意思——实际上，我们只是用自己的眼光看待这一切，是自己的想法的投射。

亲密关系如同我们身边最贴近内心的镜子，映照我们想要的（喜欢）、不想要的（讨厌），所以借由我们对对方反应的理解，我们也可以了解一个更加真实的自己。

创造一个顺畅的沟通环境，会有助于自己和对方关系的协调。

298 放手比抓住更需要勇气

佛教讲贪嗔痴，有执念的人都习惯性选择抓住。面对这样的人，我们常会说：放手，放下，一切就好了。如此看来，放手是抓住的“解药”。

换个角度来看，抓住简单，因为你可以什么都不用管，拼命抓住那一个就可以了；而放手，除了需要解开自己的执念以外，还要面对那个“失去了”的自己和现状，接纳这一切。

放手比抓住更需要勇气。

299 小心懒惰的合理化解释

如果我们给自己设定一个目标，若不加觉察，常会为了完成目标而拼搏努力，然后在目标达成那一刻，心满意足地享受成果，觉得给自己时间休息是在弥补过往的牺牲，认为这样的补充是合理的。

若现在为过去弥补，当下又在哪里？那已经逝去的，补回来的意义是什么，我们又如何真正补得回来？

所以直面事实，别以目标达成的休息来作为自己懒惰的借口。

行走的意义，从来不是为了到达，因为出发、到达、休憩，再出发、再到达，本质上没有区别。行走、经历，就是为了体验行走、经历。

300 与自己和解

人与人的相处中，因为每个人都是独一无二的个体，所以总会有摩擦发生，处理得当，双方找到最佳相处状态、携手前行；反之，则容易两败俱伤。

如果我们能够开启觉知，去看、去听、去感受，很容易发现看似争吵的画面，实际是自说自话。一个人不断通过说服对方来说服自己，或是一个人不断通过对方反馈的爱，来让自己确信“我有爱人的能力”。

我们需要一个人，通过与他（她）的交流来让自己的内在涌现，完成我们自己的整合。我们也可以以书写、绘画等输出方式来“看见”内在的矛盾，与自己和解。

当我们与内在的自己和谐共处了，我们才是“一个”自己，能够以“我”的姿态与另一个人享受两个人和这个世界的乐趣。

301 允许悲伤浮现，接纳就是疗愈

我们常在生活中遇见非常强悍的人，外表像钢铁一般坚毅、勇敢、有力量，可厚重的盔甲下没有人知道他是怎样的状态——他的脸上呈现的究竟是随时准备战斗的紧绷的表情，还是一道道已经愈合的清晰可见的伤疤。

洗澡的时候，人往往最放松。

当伤疤或者疲惫被看见、被关心，就是疗愈的开始。

而疗愈从来不是先问：你怎么受伤了？你怎么这么笨？而是先来看看怎么能够消毒、止血，让伤口可以早点好起来。

接纳那些生命中已经发生的，然后，安静下来，看着它们，感受它们——这是自己能够给予自己的疗愈。

302 倾听，是与更高能量联结的方式

如果你仔细观察女性身上拥有的品质，很容易发现：她们是敏感的、接纳的、包容的、平和的，拥有大地一般的力量，她们会聆听——不是带着脑子那一种，而是全身心听你，跟你一起感同身受。

当一个人全身心地倾听对方，专注到放下了自己，甚至没有了自我意识的时候，神性的力量更容易与她联结，对方可以感受到“她”的平和、给予、祥和、稳定。

所以如果有机会，试着让自己感受蕴含在身体之下的女性（阴性）力量，绽放出内在的慈悲、温柔、包容，你就已经开始与以往不同。

303 信任生命，信任自己所未知的

我们总以为，信任是交给那些我们已知的人的，因为我了解你，所以我信任你——将信任绑在一个人身上，若这个人发生了变化呢？后悔信任他，甚至开始怀疑信任本身。这不是信任，更像是为“自己偷懒”而找到的信任借口。

我们还未曾了解全貌，但是我选择信任你。就像终了我们一生，都不能了解生命的真相，但我信任：生命会带来体验；每一天我都对你多了解一点。这就唤醒了信任的力量。

相信我们是渺小的，相信那更伟大的存在会给予我们恰当的经历，打开双手，迎接和拥抱此刻，就是信任。

304 看见更广阔的存在

抬头看向那更广阔的天空，我们常为自己限定，使自己成为笼中鸟，画地为牢。

但是，任何时候，只要我们想，我们都能够改变现状——“走出去”，这说明，我们与那更广阔的存在相连。

从更小的地方去往更广阔的地方，这样的逻辑线会让我们更有勇气和信心去向前。

当来到“就要行动”的关键点，如果能够觉察到此刻自己对未知的犹豫和害怕，尝试相信此刻，我们终将看见那未知的另一面。

只要是未曾有的，都能成为属于你的丰富。

305 真正的意识从内在觉醒

我们采访“成功人士”的时候，常会听到对方为了完成某个目标有意识地进行储备，有意识等同于制定策略、执行、完成。这看起来更像是头脑在指挥“如何去做”，那意识从哪里升起呢？

回忆生活中，怎样的片刻让你拥有信心、勇气、动力呢？

是那个“我想要”的片刻。

头脑层面的“想”更在意结果，而非头脑层面的“想”更在意过程，比如我想要工资上涨，我会计划如何去实现，我看重目标是否完成，我的策略、计划以目标为导向；比如我想成为一个有影响力的人，我会思考：什么是影响力，以往我是怎样的，我可以如何拓展……结果变成起点。后者“想”的意识升起时，微小但清晰、坚定，能够给予全身心以前行的力量。

306 头脑中那些对立的想法

我们常发现头脑中有些对立的想法：想吃蛋糕——看起来很好吃的样子，肯定很不错；吃了要长胖，说好最近要减肥呢。

然后卡在中间，我吃呢，还是不吃呢？难以抉择。

如果“想吃”代表感性，“要长胖”代表理性，这样的矛盾出现时，除了让人精神分裂，也是在提供一个机会：让感性与理性沟通，找到恰当的“解决之道”。比如，尝一小口，其他留给明天当早餐；比如，延长自己的满足感，先去做一百个仰卧起坐，再吃……

当我们找到对立想法的平衡点，我们会更自在、喜悦。

307 成年人的生存捷径

在现代社会中，我们被教育要收敛自己的情感，要坚强，遇到困难也不要掉泪。慢慢地，我们仿佛穿上了“铜墙铁壁”，有头脑，擅长分析。因为没有情感上的弱点，所以我们是“安全”的。

那些曾经在身体上或心里留下的伤疤，只要我们不再遭遇类似的情况，就不会再次感受。

实际上，掉泪不等于哭，就像“喜极而泣”，在感受自然广阔的美景时，在被震撼人心的作品触动时，我们也会情不自禁地流下泪来。

泪水是打破那坚硬外壳的重要工具，当我们允许那些过往伤口浮现，给予关注，才真正有机会疗愈它，从而感受到生命的柔软和喜悦。

308 再等等，要等到什么时候

当我们遇到犹豫不决的事情时，内心深处总会有一个声音说：等等，再等等。可是要等到什么时候呢?

我们似乎没有一个清晰明确的回答。

我们的等待背后，或许是面对未知的勇气不足，或许是对自己能否完成的不确定，或许是自己都知道的思虑不周全……

等明天再说，明天不是有新的需要完成的事情吗?真的会有明天吗?

陷入拖延，整个人是无力的、焦虑的、不踏实的，立刻起身去做，我们才是有活力的、有行动力的——还等什么呢?

309 比较之后，我们忘记自身的存在

生活中我们很自然地借由参照物了解对方：你高所以我矮，你雄伟所以我渺小——这种比较过程常由“谁赢谁输”画上句点。

与之对应的，是形成自卑心理或是自以为强大的心理安慰。

你在这方面好或者不好，都不能影响你是这世界独一无二个体的事实，就像此刻从树上掉落的那一片叶子，它就是那一片，不是其他。

当有所需要的时候，我们借由比较来明确谁更合适，但千万不要忽略了，这个“它”一直以这样的方式存在，试着接纳它的存在，只因为它就是它，而不是它好或者坏。

310 识别别人的“应该”，发现自己的“想要”

观察身边的人，我们发现他们总是特别疲累：紧盯着某个目标，奋力前行。若你问起他为何前行，他却并不能明了原因。

他所坚持和努力的，是别人所认为的“应该”，那是别人眼中认为的他应该走的路。这种尴尬已经够他承受的了，像一副看不见的重担，放不下，如何还能全力以赴？

试着将那些不属于自己的扔出去，当你扔东西的时候，却常常拾回力量。慢慢放下别人的，选择性地拾起自己的，脚步才越来越轻盈，内心才越来越充实。

311 转向，向着内在的自己

教育培养我们成为一个具有天真、友善、乐于助人等正向性格的人；教育也培养我们运用头脑分析，实现我们的目标，所以看起来，有时候我们“天真烂漫”，有时候我们“复杂多变”。

成年之后，工作之后，社会生活中会有更多的“应该完成”，许多人在“努力说服自己实现目标”时，小心翼翼守护着内心的那份纯真，甚至在极端状态下陷入二选一的尴尬境地，殊不知，这样的小心翼翼背后，是对自己深深的爱、歉疚与自怜——这就是所谓“那个真正的自己”。

两个部分都是我们的内在，但两个部分都只是我们内在的一部分，内在的自己是共同拥有这两部分的“那个家伙”。一旦陷入二选一的尴尬境地，在内在探索上就止步于此而难以向前推进了。

312 过去的，已经过去

当心有期待的时候，我们会自发启动积极动力，对未来充满期待。反观我们最为低落的时候，往往沉浸于过去的“不好”中，反思，再反思。

当思绪处于正常在线的状态，我们会发现，无论过去发生过什么，再纠结缠绕都没有任何意义，放下才是最好的选择。而当自己置身其中，才发现做的远比说的难。

但穿过这样的“罪恶感”的折磨，我们会发现：内心对这个人、这件事充满善意的期待或想要完成得更好，不断反复重演也是为了实现目标——与其不断在想象中纠结，不如正视期待，去行动，去实现目标。

过去，已经过去。

313 忧伤是一朵在内心盛开的小花

绝大多数现代人都讨厌忧伤，喜欢感受快乐，没有想过是不是因为太不快乐而想要追求快乐，却花了大多数时间研究如何消灭忧伤——去吃、去睡、去旅行、去躲避，都是为了让悲伤经过。

想想那些内在开出花的瞬间：遇见喜欢的人，与真爱的人共进晚餐，收获一直想要的目标……可有一个问题：心打开的时候只能感受到“好”的东西吗？再来看忧伤——心若不打开，如何感受忧伤？

相信所有发生的事情都是为你而来，所以看看忧伤背后那些想要让你明了的道理吧，比如：想要珍惜。

314 真正的力量不带有伤害

社会生活中我们常看见一些昏昏沉沉的人，不以头脑思考，做着一些理所应当的事，无所谓开心，也无所谓不开心。

社会生活中我们也常常看见另一种人：爆发着蓬勃生机，似乎整个人都闪耀着光芒，向世界展现他的力量，只是这样的力量偶尔会灼烧身边的那些自卑的人，使他们看清内心的恶或恐惧。

我们渐渐明白，这世界的新鲜随时都在，我们不断体验新鲜，在与外界一轮又一轮的磨合中，我们从过去的自己中生出一个新的自己来。

315 失衡，也是一种状态

我们常发现身边许多人，谨小慎微地控制着身边的人、事、物，期待所有的事情都按照自己的节奏、步调，甚至方向运转。为了维持这种控制，不惜拼尽全力，而呈现一副强有力的不易变通的形象。

然后这层“固若金汤”的面具深深嵌入他的内心，难以摘除，遇人遇事他都是一副无法改变的面孔，缺乏亲近和柔软。

世间总有平衡。

我们基于过去的经验，为将来制定目标，如果控制带来平衡，那么失衡也是正常的自然状态，会带来新的喜乐和惊喜。

316 当头脑中塞满规则

现实生活中总有各种各样的规范，这件事情你要这样做，那件事情你要那样做。

然后我们发现头脑中塞满规则的人，常常完美得像个僵硬的人，封闭了内心的真实感受，而将所有的能量都花在了对规则的记忆与完成中，谨小慎微，如履薄冰。

对社会来说，遵守规范是一件无比重要的事，但从个人角度来说，在规则允许内活出自己，这才是目标。

拿规则当借口的人，是在某种程度上拒绝了创造力。

317 松开手，拥抱这个世界

一个人身体的各个部分是连在一起的，因为它们都是“我”的一部分。所以身体和心灵也在以我们知晓或不知晓的方式联系在一起。

当一个人与世界为敌，或认为世界在侵吞他，他常常紧握双手，紧紧盯着周围的风吹草动，随时准备躲避或是进行自我防御。他的力量一直在积蓄、储备，以应对不时之需。长此以往，人是疲惫的。

当我们想要拥有手中的沙，紧握的方式看似有用，实际手中的沙越来越少，如同那个一直紧绷的人，如何能够感受身边的柔软与温暖？

松开紧握的双手，会拥有更多沙——放下警惕抗争的念头，你原本就在世界中，世界无法真正伤害你。

当你尝试做出改变，一切就不同了。

318 看清头脑的目的

我们的教育常常用来训练头脑的思维，告诉我们以怎样的方式完成目标，我们像一个复杂的机器，预测过程中可能出现的问题，思考备选方案。

若没有心的觉醒，头脑常会像上了发条的机器，一旦启动，就难以转向或者停下，而是在过去设定的某条轨道上狂奔下去，说不清是为了经历还是为了完成目标。

渺小的个体无法控制事件发展，头脑像极了殚精竭虑的战斗指挥官，耳朵、眼睛、鼻子都成为信息接收器以面对变化，嘴巴成为混乱头脑的唯一出口。若你能尝试听听自己说了些什么，就可以明白那些想法多么混乱不清，不是停留在过去，就是在为将来储备，总之不在当下。

头脑是我们的“仆人”，需要跟随心的指引——冥想所训练的觉察，就是心的能力。

319 你的现在，就是过往经验的结果

当我们抱怨社会不公的时候，便陷在自己的悲哀里，很难发现在同样的环境下总有其他人做得比自己好——那实在说不得是时代或者环境的原因。

我们所选择的，都将我们导向下一段旅程。

若是在过程中，我们全然去感受过程，感受到内在的打开与绽放，那么，我们很容易收获由我们的努力带来的机会。

借由这些机会，我们渐渐成为心智圆熟的人，这与宗教里提到的内在神性有关。我们同那个“一”在一起。

320 找到自己的节奏

因为想得到被肯定的快乐，所以我们常不自觉地在家长面前做一个懂事的孩子，在老师面前做一个勤奋的学生。

成年后，因为深知未来无法预知，所以我们努力储备，以应对许多意料之外的事，又或是为了让自己拥有更多选择权，在许多条线上努力前行，恨不得将所有的时间填满，以备厚积薄发。

生命的意义在于赶路吗？

一天无论如何度过，都有24小时，找到自己的节奏，不慌不忙、不紧不慢的表象背后是懂得取舍，对自己有信心，对未来心怀期待。

321 观照内在的光芒

我们习惯于从外界获得引导，就像小时候父母、老师告诉我们如何去做一样，遇到困难时，我们总希望有一个人告诉我们怎么做，或是哪一条路才是对的。

回忆每一个你纠结的关口，内心是否都有微弱却清晰的“灵感”被捕捉，尽管随之而来的是很难自我肯定，是仍旧需要寻求来自外界的确认。

真正属于你的“道”，从来都从内在绽放，只是我们不习惯于向内寻求，所以需要向外“确认”——问问自己，你是否在想得到答案时有选择地向某个人或某类人寻求验证？

需要引导时，停下来，听听自己的内心。

322 从紧盯着过去，到感受开阔自由的现在

从绝大多数人的追求中，我们可以反推他们的过往，那些内在的驱动往往与想要相关，而想要拥有背后，则是大大的缺失。

当一个人缺一样东西的时候，遇见了，他几乎开启本能地伸手去抓，仿佛终于等到了这个不可多得的机会，以为自己拥有，甚至标榜自己“此刻拥有”，并称之为幸福。

内心，真的幸福吗？

试着感受那些与朋友相约分享生活的“此刻”，也试着体会内在打开、与天地自然相联结的片刻，那是与“好不容易遇见”所不同的轻松自由。

与其被过去限制，不如放轻松，感受现在。

323 除了等待，我们还可以尝试

当我们遇到难题时，习惯于期待有一个人出现——帮忙，确认，或是实现结果。当我们将百分之百的力气放入这份找寻时，若找不到，执念会渐渐发挥效用；若找到，似乎对方理应承受我们认为的。

难题的出现，有时候是对自我的考验——我是否可以尝试推开门，走进去，面对和接纳未来可能发生的变数？

怀疑的背后，藏着对自我的不信任，寄希望于别人，除了信任别人，还可能担心自己会辜负自己。但生命的体验，没有谁理应背着谁往前走，我们要尝试回到自己的剧本，绽放内在的勇气，活出自我。

324 当你纠结于是否妥协时，请关注自己

与人交流时，我们常陷入二选一的境地，要么请对方妥协于我，听我的；要么我妥协于对方，听对方的。

面对那些新状况，对未曾有丰富经验的两个人来说，听谁的都不明智，因为都在尝试。而其中一位看似有优势和丰富的经验，但在单向的时间中，这些过往只能增加准确的概率，而无法保证那就是唯一正确的通路。

无论遇到怎样的情况，当你纠结于是否妥协时，请关注自己：我是否表达了自己；我是否已经了解了对方的情况；我是否将自己限制在两种状态中而没有创造新的可能。

325 耐心，等待心里开出花来

现代社会的快节奏，让我们越来越难以慢下来，似乎我们曾经用三分钟完成的事情，如今两分钟会更好。似乎看起来更有效率，就是更好。

我们那么快，是着急去做什么呢？有什么是必须快速完成的吗？

谷物需要四季，孕育新生命需要十月怀胎，在等待中，除却执着于结果的焦虑，还有机会细细感受和品味变化：种子发芽、成长、结穗；肚子慢慢变大，第一次胎动——这是一种美妙的体验，安静地、喜悦地在内心开出花来。

不紧不慢，静下来，等一朵花开，享受陪伴、培育的美好。

326 平凡之路，从不平淡

问现代人想要做什么，许多人会习惯性给出一个不那么平凡的答案，比如，更拔尖、更好、更优秀，让自己看起来“不凡”。但在不凡的生活中，总有些雷同的平凡：三餐、四季、吃穿……与其创造那全然“新鲜”，不如在平淡生活中造就不平凡，如同最难做的菜是看似简单的蛋炒饭。

接纳平凡，又不甘于平淡，将平凡生活变得五颜六色，这样的人，欢喜自在。

327 瓜熟蒂落，水到渠成

成年人面对看重的东西时，总会更加谨慎，希望等到更合适的时机，去实现自己想要的。

可什么时候才是合适的时机呢?

牛顿坐在树下，对苹果没有任何期待，但苹果熟了，自己掉落下来砸在他的头上——他开始了对万有引力定律的思考。

从来没有最合适的时机，也随时都是恰当的时机。

当你想要去分享、去做、去感受时，就是属于你的时机。

328 打开心，与世界联结

忧伤或者悲哀的时候，我们是单独的，甚至笼罩在自己深深的“负”里，抬不起头。

与更多人在一起，与他们手牵手共同做事的时候，我们的内心是开心喜悦、充满力量的，我们沉浸在那超越自己的“一”中，深深触动。

我们习惯于去发现和寻找自己的独特，以为我们是世界的唯一——可我们原本就是独一无二的——紧盯着我们与别人的不同，就很难了解人性的相同。

我们从未孤独。我们又从来都是单独的。

329 丰富的内在使我们更加接纳

我们常用一些“应该”限制自己，可以如何，不可以如何。然后，我们使这些界限不断变得更加分明，却由此失去了另一半的体验。比如男孩应该勇敢，他们却由此失去了表现柔弱的机会。

事实上，人性包括男性化特质，也包括女性化特质，它们在不同的阶段以不同的方式在每个人身上体现，这才是完整的我们。

丰富的我们能够接纳这一切，让它们自在呈现，这才是一个完整的人。

330 播撒你的爱与慈悲

当一个人的内在可以生出花来，他整个人会呈现出“生机勃勃”的状态，他内在的喜悦以舒适的方式像溪水一样缓缓流出，滋润着身边的人。

他不仅与外界联结在一起，还用心地给予、滋养、创造身边的一切。每个人都有丰富这个世界的能力，前提是以自己的方式。

不是因为我选择了你，而是因为你出现在我的生命中，我便给予你这来自独一无二的我的爱与善意，邀约你同我一起让内在开出花来。

331 慢下来，进入核心

生活中我们情不自禁地想要快一点，快点上菜，车快点来，甚至快点恋爱。实际上，当你急着赶往目的地的时候，是否思考过——到达目的地之后呢？

慢下来，学会静心，安住在每一个片刻里，全力感受，尽力向前，这才是最重要的体验，也是这个时候才能明了目标出现的意义不是为了达成，而是“诱”你出发，享受这段旅程。

当我们将关注力再一次回到自己这里，就与我们内在的核心在一起，不着急，不惊慌，顺着自己的节奏来。

332 像孩童一样，体验未知的冒险旅程

成年之后，在收获聪明和经验时，我们却渐渐丧失好奇与勇气，对于那些未曾经历过的，我们越来越小心谨慎，甚至被潜意识操控着，失去控制权。

小时候的我们和长大后的我们，有什么本质区别吗？

一样的未知，一样的迷茫，一样的充满期待，一样的尽心尽力。

当前路漫漫，除了费尽心力去保持自己的想法、稳步推进外，我们也可以像童年时一样，带上敢于冒险的心，开启新旅程。

333

—

瑜伽体式
练习入门

365

333 瑜伽是什么

瑜伽，意味着联系、结合、束缚。在体式的练习中，可以这样理解这三个层层递进的概念：

联系：我们需要觉察身体的各个部分，在体式练习中，将它们联系起来；

结合：在觉察到和各个部分渐渐联系的基础上，在体式练习中将各个部分融合为一个整体；

束缚：形成了整体之后，不是任由整体无限向外扩张，而是向内回到更精细的部分，束缚身体能量，使之更加稳定，为下一阶段的练习做准备。

334 瑜伽习练中，跟随老师的引导

瑜伽习练过程中，我们会像学生一样，习惯性地努力完成老师的“要求”。殊不知，在瑜伽的习练中，每位瑜伽老师的语言都是引导，通过引导来让你从动作开始与自己的身体联结，在这样的联结中，重新启动身体的力量，挖掘身体层面的潜力，与身体合而为一。

所以，老师的语言只是动作引导，习练过程中，需要提醒自己：瑜伽的习练不是为了完成动作，而是感知身体的状态，在循序渐进中增强身体和心灵的力量、韧性、平衡，达到合一。

335 正位

瑜伽的体式练习讲究正位，即脊柱、骨骼、肌肉、器官都回到原本的位置，在体式变化的过程中实现它们的伸展、力量，并且建立稳定的平衡性。

由于身和心不可分割的关系，我们也在习练过程中打开内在，让它有力，实现稳定平衡。

336 呼吸

就像树叶的存在可以让整棵大树全力感受呼吸一样——体式练习中，我们也借由呼吸实现与外界的能量交换，在放缓呼吸的过程中渐渐放松紧张的身体部位，也通过呼吸启动与身体原本力量的联结。

绝大多数情况下，吸气都配合延展的动作，而呼气则配合身体运动（向上、向下、扭转），或是完成伸展之后的放松。

试着带入你对自己的呼吸的觉察，十指大分开，感受体式练习动作的流畅。

337 手脚大分开

我们常常刻意训练敏捷的思维，却常常忽视身体的锻炼，所以现代人对身体的觉知大多比较迟钝，当感觉到疼痛，实际已经经历了一段“潜伏期”。如何从迟钝状态中苏醒过来？

想象血液流动的中心是心脏，气脉流动的中心在肚脐附近，那么我们的双手双脚就是距离这两个“起点”最远的地方。每次瑜伽习练中，有意识觉察、提醒、观照自己的手指、脚趾是否分开、有觉知，直至有力。慢慢地，你对自己身体的感觉会变得敏锐起来。

338 挑战，不要较劲

瑜伽习练过程中，当我们尝试形成新的突破时，很容易产生一种矛盾心理，一边是“我努力挑战一下”，一边是“这样的较劲是否是对自己身体的伤害呢”，其实两者的区别很简单。

挑战，是从尊重现在身体所能实现的状态出发，借由呼吸的引导，尝试向前推进一点点，过程中遵照和尊重身体感受，尽力就好，对“结果”没有预设或执念。而较劲是指，以某个动作为“终点”，尽可能地实现这一“目标”，甚至死磕。

瑜伽体式习练过程中，我们鼓励你挑战一下，不赞成你较劲。同时，也提醒你，不要以“不较劲”、爱惜身体为借口而不去行动。

339 山式：像山一样站稳

现在，请跟我一起来感受瑜伽。

双脚站在瑜伽垫上，在站稳的基础上，吸气，抬起脚趾头，伴随呼气放下脚趾头，让整个脚稳妥踩在瑜伽垫上。

自然呼吸，小腿肌肉绷紧，外旋，大腿肌肉收紧，内旋，臀部腰腹力量收紧，尾骨内收，肩膀自然放松，下垂，颈椎放松，下巴微收。

吸气，双手十指分开，合掌于胸前，感受肩胛骨的打开。呼气，眼睛直视于前方一点，保持稳定。

自然呼吸，回收感官来感受身体的平衡、稳定。

340 树式：成为一棵树

先以山式站姿站立于瑜伽垫上，放松，开始感受身体。

吸气，弯曲右腿，将右脚掌贴于左大腿根部，右膝向右侧打开，右脚用力蹬左腿，左脚保持稳定。呼气放松，双手合十胸前。

吸气，保持合十伸展手臂向上，手臂在耳朵旁侧自然伸展，肩膀放松。呼气放松。

保持自然呼吸，可闭上双眼，或注视前方某一点，感受身体左脚的稳定，右侧膝盖牵引的打开，核心力量的收紧，手臂向上带来的延展，像一棵正在生长充满生机活力的树。

记得换侧练习。

341 风吹树式：感受风从身旁吹过

山式站姿站立在瑜伽垫上，感受身体的稳定、放松。髋部以下保持不动。

吸气，保持背部自然的状态下，伸直双手向上，十指交叉翻转掌心向上。手臂在耳朵旁侧，肩膀放松。呼气，左侧身边手臂带动身体向左侧弯，眼睛看向右侧手臂内侧上方的天花板方向。

在呼吸中，感受右侧手臂到腰线的延展拉伸，像一阵风吹过枝丫，感受被轻轻压弯的柔韧。

记得换侧练习。

342 直角式：用身体丈量大地

山式站姿站立在瑜伽垫上，伴随呼吸将注意力转移到自己的身体上。

吸气，双手高举过头顶，十指交叉，翻转掌心向上，肩膀放松。

呼气，手臂带动身体，以髋部为折点，向前、向下，过程中保持背部打直的状态，直至背部与地面平行。收腹，集中核心力量，手臂与背部成一条直线，双腿、臀部成一条直线，两条直线呈直角。

吸气，双脚带动双腿向地面延展，手臂带动背部向前方延展。呼气，如果可以的话，抬头，眼睛看向交叉的双手。

保持呼吸，感受手臂肌肉、侧腰、核心力量、双腿肌肉的收紧。

吸气，手臂带动上半身起；呼气，放松双手回到身体两侧。

可双腿分开与髋部同宽进行练习，注意不要塌腰。

343 放气式：回归身体的清净

山式站姿站立在瑜伽垫上，放松身体。

吸气，双脚打开与肩同宽，伸直手臂向上，延展手臂背部。

呼气，手臂带动身体向下，将双手掌心放在双脚下。

吸气，膝盖弯曲，抬头眼睛向上看，延展背部。

呼气，低头，伸直双腿，背部向下并尝试贴近双腿（可适当弯曲手肘、微屈膝盖，加强背部贴靠）。

伴随呼吸，重复上面提到的延展、贴近。

呼气，放松双手，夹住双耳，带动身体直立。

344 增延脊柱伸展式：整个人看起来长高了

山式站姿站在瑜伽垫上，放松身体。

吸气，伸直手臂向上，眼睛看上方，尾骨夹紧向前推；

呼气，以髋部为折点向下，将双手放于两腿外侧。

吸气，抬头延展颈部和背部，眼睛尽量向上（收腹，感受前侧身体直至腰腹的拉伸）；呼气，尽量压低上身，依次用腹部、胸部、前额贴双腿（可微屈膝）。伴随呼吸，延展，贴靠。

吸气，抬头，手臂带动身体起身；呼气，放下双手回到山式。

345 花环式：送你一个美丽的花环

山式站姿站立在瑜伽垫上，放松身体，脚后跟并拢，脚尖向外。

吸气，双手侧平举；呼气，弯曲双腿向下蹲，上半身稍向前倾，膝盖向两侧打开，两手绕过膝盖内侧握住脚踝（或在臀后侧十指交叉）。

吸气，抬头，眼睛向上看，延展背部；呼气，低头（尽量前额贴地），自然呼吸。

吸气，抬头双手侧平举，起身；呼气，放下双手，脚尖还原。

346 猫式伸展：向猫咪学习

四角板凳状趴在瑜伽垫上，掌心贴地，膝盖、脚背贴地，肘心相对。稳定身体重心，背部脊柱自然伸展。

吸气，眼睛向上看，带动颈椎、脊柱向上延展，塌腰（腰部下沉），臀部向上延展尾骨；呼气，低头，拱背，手臂有力向地面方向推，下颚贴向锁骨，收腹，收尾骨，感受整条脊柱伴随背部拱起而被带动的灵活。跟随自己的呼吸，重复上述呼吸动作。

347 叩首式：叩首，礼赞大自然

金刚坐姿（膝盖并拢，双脚内侧并拢，臀部放在脚后跟上）坐于瑜伽垫上。

呼气，双手辅助，将头轻轻放在瑜伽垫上，保持重心稳定，松开双手放到膝盖外侧，掌心向上，注意颈椎、背部、手臂自然放松。

吸气，抬高臀部，头顶着地，尽量让两大腿与地面垂直；呼气，压低臀部，坐到双脚上。伴随呼吸，重复上述动作。动作进行中，请觉察头部在这个体式中与其他体式中的不同感受。

（注意：高血压、眩晕症或严重颈部疾病的人不做这个练习。）

348 双腿背部伸展式：延展开来，再折叠起来

调整坐骨，稳定地坐在瑜伽垫上，双腿伸直，脚尖回勾。

吸气，伸直双手，手臂带动脊柱直立、延展，延长腰腹；呼气，保持臀部、腿部不动，手臂带动身体向前、向下，以髋部为折点，双手尽量抓住脚趾头（如果有难度，尝试将双手放在小腿最远处）；吸气，抬头眼睛向斜上方天花板看，头部带动颈椎、脊柱、腰腹向前方延展，为下一步折叠留出空间；呼气，背部向下，依次让胸部、腰腹贴靠大腿，注意不要刻意头向下接触膝盖（小腿），重点在延展背部。

重复上一个呼吸动作，直至不能再向下，或完全贴靠，保持在该动作上，自由呼吸，感受腿部后侧的拉紧和背部的放松。

349 简化脊柱扭动式：慢慢地旋转身体

直角坐姿（双腿伸直，脚尖回勾，背部直立，整个身体呈直角状）

坐于瑜伽垫上。

吸气，弯曲右腿，右脚放于左膝外侧；呼气，上半身向右旋转，右手放于右侧臀部后方，左手肘顶住右膝来增加扭转幅度，头跟随上半身转动，眼睛看向右后方，自然呼吸。

（注意：如果想要加深扭转的幅度，可在吸气时延展脊柱，为腰腹创造更多扭转空间，呼气时再次扭转；扭转时不要为了追求扭转的深入而破坏了肩膀的放松和平衡，身体需要缓慢；呼吸随扭转深入而短促，属正常现象。）

吸气，身体回到正中，放松双手；呼气，伸直右腿，回到直角坐姿。调整呼吸，换侧练习，感受脊柱的转动带来的胸腔、腰腹的苏醒与启动。

350 船式：感受船只在大海中航行的稳定

直角坐姿坐于瑜伽垫上，脚尖回勾。

吸气，弯曲双腿，双手抱住膝盖窝；呼气，上半身向后仰，身体重心移至臀部；吸气，伸直双腿；呼气，松开双手，十指大分开，掌心相对，放于膝盖外侧。

保持这个姿势稳定，自然呼吸，感受自己的稳定。吸气时觉察背部延展，呼气时放下双手腿，回到直角坐姿。

（注意：若腰腹脂肪较多，坚持这个姿势几秒钟之后会感受到腹部的抖动，如果可以的话，尽量多保持一下，这个姿势可以非常有效地促进肠道蠕动，改善消化，锻炼腹部肌肉。）

351 炮弹式：释放腹中废气，感受轻盈

仰卧于垫子上，双手放在身体两侧，掌心向下。

吸气，弯曲右腿，双手交叉抱住右小腿；呼气，上半身抬起，下颚贴靠右膝；屏息保持5—10秒；吸气，头部背部放回垫子上；呼气，松开双手，伸直右腿。换侧练习。感受体式过程中释放腹中废气后轻盈的感觉，也在体式练习中加强腹部、颈部肌肉的锻炼。

352 韦史努式：来，一起放松一下

侧卧于瑜伽垫上，脚尖回勾，弯曲左臂，左手托起头部，右手自然放于体前撑地。

吸气，弯曲右腿，右手三个指头抓住右脚大拇指，向上伸直右腿，眼睛看向右脚的方向，自然呼吸；呼气，松开右手放下右脚并伸直。

换侧练习。注意在练习过程中，尽量保持身体处于一条直线。

这是一个让人背部和精神都放松的体式，感受练习过程中腿部内侧肌肉的收紧，以及对腰线上多余脂肪的挤压，可提高身体平衡力。

353 摇摆式：充分运用自己的身体来按摩

仰卧在瑜伽垫上。

吸气，弯曲双腿，将大腿尽量贴于胸部，双手十指交叉抱住小腿；自然呼吸，将身体前后摆动，重复几次后停；呼气，松开双手，伸直双腿。

（注意：自然呼吸身体摆动过程中，感受身体自然“流动”，腹部自然发力，以及身体运动中背部的按摩与放松。这个体式还可以按摩髋部、臀部和背部，排出腹中的气体，有助于放松胃部和腹部区域。）

354 躺尸式：90%以上的人最爱的瑜伽动作

平躺于瑜伽垫上，双脚微微打开，双臂放在身体两侧，掌心向上，觉察身体，全身放轻松。

尝试将注意力放到自己的呼吸上，在平缓的呼吸中感受身体各个部位的放松。你可以尝试从头到脚（或从脚到头）扫描全身，如果感受到身体哪个部分紧张，在缓慢深长的呼吸中，将关注点放到紧张的部位，慢慢放松下来，感受身体后侧与瑜伽垫的贴靠，感受地面稳稳地支撑着你。当你放松到舒适的时候，就可以起来了。

（注意：瑜伽体式练习末尾都可以以这个姿势放松；秋冬在做这个姿势的时候，请您注意保暖；睡前可单独做这个体式，会有助于睡眠。）

355 幻椅式：仿佛坐在椅子上

山式站姿站立于瑜伽垫上。

吸气，双手向上，掌心相对，十指大分开延展手臂肌肉，颈椎放松，下巴微收，肩膀放松（不耸肩），背部延展；呼气，缓慢屈膝，臀部向后，带动背部手臂整体向后向下，收紧腰腹，双脚稳定地支撑身体。自然呼吸，保持该体式6—10秒。吸气，伸直膝盖；呼气，放下双臂，放松身体。

（注意：膝盖弯曲前不过脚尖，后不过脚踝，觉察肩膀是否保持放松，手臂力量不松懈。若想加深难度，可在稳定的基础上，尝试让大腿尽量平行于地面，像坐在椅子上一样稳定。）

这个体式可增强双踝、双膝、大腿内侧的耐力，放松髋部。该体式可以强健双膝，但膝盖有伤的人不宜多做。

356 下犬式：大伸懒腰，放松你的背

以四角板凳状趴在瑜伽垫上。

吸气，双手双脚发力，将臀部推至最高点；呼气，启动手臂、腿部力量，脚后跟尽量向下踩，拉伸腿部后侧，注意手臂伸直，与背部延展为一条直线，头部自然放松，目光凝视脚尖。

保持自然呼吸，收腹，尽量放松延展背部，臀部尽量向上；呼气，屈膝，弯曲手臂，回到四角板凳状。

该体式练习要点在于：肩膀放松，不压肩，背部手臂延展，腿部后侧拉伸。下犬式可以有效帮助我们放松肩膀背部，收紧腰腹，训练身体核心和腿部力量。

357 三角伸展式：打开你的身体

双脚大分开，与双手打开手腕距离接近，站立于瑜伽垫上，收紧腿部、腰腹肌肉，胯部正对前方。

吸气，双手侧平举，十指大分开，启动手臂肌肉力量；呼气，右脚右转90度，第二个脚趾头指向右侧前方；吸气，延展背部，放松颈部和肩膀，腰腹腿部肌肉不放松；呼气，右手手臂带动身体向右前方伸展，延长左侧腰线，右手臂向下，带动身体向右侧弯，左手顺势指向天花板方向，掌心正对前方，眼睛看向左手指尖的方向。

保持这个姿势6—10秒，胯部保持正对前方不转，收紧腰腹，感受右大腿内侧和左大腿外侧的拉伸，左侧腰线到手臂的延展。

吸气，左手手臂向下，带动身体回正；呼气，放下双手，右脚转回到正前方，收回双脚。换侧练习。

（注意：在这个体式练习时，将注意力收回自己的身体上，去感受身体在一条中线、一个平面上，向单侧弯曲。）

358 三角转动式：打开，转动

双脚大分开站立在垫子上；吸气，两臂侧平举，左脚尖指向前方，右脚向外扩展90度；呼气，身体转向右侧，上半身向下弯，左手放在右脚外侧，右手向上伸直，目光注视右手指尖，两臂及两肩呈一条直线，上半身尽量转向右后方，自然呼吸；吸气，起身，身体回到正中，右脚尖向前，左脚向左扩展90度；呼气，身体转向左侧，上半身向下弯，右手放于左脚外侧，左手向上伸直，眼睛注视左手指尖，两臂及两肩呈一条直线，上半身尽量转向左后方，自然呼吸；吸气，起身，身体回到正中；呼气，放下双手，合拢双脚。

（注意：该体式可有效消除背部疼痛，扩张胸部，按摩腹部器官，减少腰围的脂肪，增强双腿肌肉力量。）

359 加强侧伸展式：低头，贴近自己的力量核心

双脚分开，略比肩宽，站在瑜伽垫上。

吸气，双手在背后合十，翻转指尖向上，尽量将双手放在肩胛骨中间，保持两小臂在背后成一直线，右脚右转90度，左脚向右转30度；呼气，身体向右转；吸气，上半身向后弯腰，保持一次呼吸；呼气，身体向前、向下，上半身慢慢贴到右腿上，自然呼吸；吸气，起身；呼气，身体回到正中，双脚回正；吸气，右脚向左转，左脚向左扩展90度；呼气，身体向左转，做同样的练习。

（注意：体式练习中，尝试感受胸腔扩展之后呼吸的深长、脊柱的伸展、双腿肌肉的增强。该体式可以灵活手腕，改善不良体态和圆肩。）

360 侧角转动式：轻微转动，稳定向上

双脚大分开，站立在瑜伽垫上。

吸气，双臂侧平举，右脚向右转90度，左脚尖保持向前；呼气，弯曲右膝成弓步，眼睛看向右手指尖，注意上半身面对正前方，垂直于地面；吸气，延展手臂、背部，保持稳定；呼气，上半身右转，将左手掌放在右脚外侧（或内侧），右手向上伸直（或向前），五指大分开，眼睛望向右手指尖方向，自然呼吸；吸气，双手侧平举起身；呼气，身体回到正中，双脚回正，换侧练习。

（注意：在该体式练习中，注意收腰腹，保持核心、手臂力量启动，不是上半身“压”在双腿上，感受脊柱转动带来的弹性与灵活、胸腔的进一步扩展、髋部灵活性的增强和腿部肌肉耐力的增强。该体式在挤压腹部内脏器官的同时，加强了膝盖和脚踝的锻炼。）

361 战士二式：学习战士的英姿

双脚大分开站在瑜伽垫上，第二个脚趾头朝向正前方。

吸气，双手侧平举，十指大分开，延展背部、手臂，放松颈椎；

呼气，右脚向右旋转90度，收紧腹部核心力量，保持髋部面向正前方；吸气，感受整体的延展和稳定，头顶、手臂、背部的延展，腰腹收紧，腿部肌肉力量启动；呼气，弯曲右膝，如果可以，尽量让大腿小腿呈90度，眼睛看向右手指尖方向；保持该动作，自然呼吸；吸气，头部转回正前方，放下双手，收回右脚，双脚；呼气，放松，调整状态进入换侧练习。

（注意：该体式动作进入时，需要保持核心力量收紧；髋部保持正对前方，不因膝盖弯曲而受影响；背部放松；随膝盖弯曲而增强腿部肌肉耐力。）

362 双角式：慢慢下，慢慢起

双脚大分开，站在瑜伽垫上，髋部面对正前方，双脚第二个脚趾头朝向正前方，保持稳定。

吸气，伸直手臂向上，手心朝前，手臂保持在耳朵旁侧，肩膀放松，背部放松；呼气，以髋部为折点，手臂带动身体向下，直到双手指尖触地，背部与地面平行；吸气，抬头，眼睛看斜上方天花板，延展颈椎、背部；呼气，低头，在双腿保持稳定的情况下，背部尝试向双腿方向贴靠；吸气，延展头部、背部、腹部；呼气，背部继续贴靠双腿方向，尝试将头部放在双脚之间，双手臂曲肘放在头部旁侧；自然呼吸，停留8—10秒；吸气，双手向前，带动上背部与地面平行；呼气，放松；在这里停留6—10秒，让血液回流，避免出现突然晕厥的情况；吸气，双手扶胯，抬头带动上背部直立；呼气，八字收回双腿。

（注意：这个体式可以有效放松背部，增加双腿肌肉力量，同时因为血液来到脑部，可使头脑清醒。高血压、心脏病、眩晕症或有血栓者，不要练习或在专业指导下逐步练习；女性经期时，做到背部与地面平行即可。）

363 侧伸展式：锻炼出好看的臀部曲线

以四角板凳状稳定支撑在瑜伽垫上。

吸气，右腿向右侧打开，脚内侧贴地，与上半身成直角；呼气，调整身体，启动手臂肌肉力量，收紧腰腹，放松背部；吸气，向上抬起右腿，与地面平行，自然呼吸；呼气，放下并收回右腿，恢复四角板凳状；换侧练习。

（注意：进入该体式练习时，保持手臂、腰腹力量收紧，不要为了完成抬腿而塌腰。最初练习时，力量不够的话，伸出腿可能会有抽筋的情况，量力而行。该体式可以增加腿部耐力，美化臀部线条，收紧臀部。）

364 门闩式：舒展腹部

金刚坐坐于瑜伽垫中央（膝盖、脚背贴地，臀部放在脚后跟处）。

吸气，腰腹发力，臀部起，大腿、背部直立；呼气，双手侧平举，伸直右腿，脚尖向外，脚后跟平行左腿膝盖；吸气，延展手臂，放松肩膀、背部；呼气，右手手臂带动身体向前向下，放于右腿膝盖（小腿）处，左手翻转掌心向上，顺势向右上方延伸，眼睛看向左手手臂内侧上方天花板；自然呼吸6—10秒；吸气，左手手臂带动身体回正；呼气，收回右腿，从跪姿还原为金刚坐姿。换侧练习。

（注意，该体式练习时需要收紧腰腹核心力量，保持髋部朝向正前方，侧弯时不以追求侧弯幅度而牺牲髋部以下的中正和稳定。这个体式可以减少腰腹多余脂肪，增强核心力量。）

365 剪刀腿：腹部直击

仰卧在瑜伽垫上，脚尖回勾，膝盖并拢，肩膀贴地，放松背部，双手放在身体两侧，掌心向下，眼睛看向正上方天花板。

吸气，腰腹、腿部用力，抬高双腿直至与地面垂直；呼气，保持脚尖回勾状态下双腿一前一后呈交叉状；伴随呼吸，一组6—10秒；呼气，放下双腿。

（注意：该体式练习时，上背部尽量保持稳定不用力，尝试运用腰腹力量完成动作，可在过程中感受腰腹与腿部肌肉的收紧。）

后记 绽放自己，是生命旅程的意义

我们身处同一个世界，但我们每个人眼中的世界是不同的。

道理大家都知道，但在现实生活中，我们常与爱人、朋友讨论分岔路口的价值选择，性格将我们导向不同的人生之路，我们很难有时间来交流彼此眼中的世界，或是看待世界的方式。成熟的人谈恋爱、交朋友会先考虑三观，因为这些看不见摸不着的精神层面是根基。在我看来，世界观是人生观、价值观的基础——世界始终客观存在，但我们以怎样的方式看世界，决定了我们眼中世界的样子。

瑜伽看待世界的方式很简单：自然而然，就像一棵树。

天晴、天阴、雨水充足或是旱涝，它都坦然应对，丰时延展根茎，粗壮树干，贫时尽力吸收，用存储应对，却仍不忘记自己生长、开花、结果的“本分”。一切发生，最终都会成为曾经发生。它要做的，只是去经历，只是去绽放自己。

不见得这样的方式就是最好的，更不见得这样的方式随时随地随便什么人都适用，但是你说，相比目标清晰地想要到达——踏上旅途之后，谁的心情会更加轻松愉悦，谁的幸福感更高呢?

《庄子》的故事中，有一棵叫作“大椿”的树。对灵龟来说，八千年是灵龟的一生，而对大椿来说，八千年却只是它的一季。相比之下，人生在世，百年仅仅是须臾之间，人类实在渺小，渺小得在更长的时间坐标上，与一只大象、一只蚂蚁没有本质区别。

我们与其他生命体在同一个地球上，在同一个大自然母亲的怀抱中，共同组成这个缤纷多彩的世界，尊重对方的存在是彼此生存的基础。

生命的美好与生死无关，与输赢对错无关，与是否绽放自己有关，而与自己这个生命体的责任与义务有关。每一个独一无二的我们，因为各自不同的原因与另一个人遇见，五颜六色的生命线开始交织，形成一段又一段色彩斑斓的印记。

想明白这点，“懒癌”晚期的我也开始换上瑜伽服，走上瑜伽垫，让身体健康起来，即便是别人眼中一个修习瑜伽的胖子，也要走好自己这一段人生路。

坦白地说，我无法证明是瑜伽引导我完成了这种转变，但可以肯定地说，是操作简单的冥想开启了这一切，瑜伽参与和见证了整个过程，让我坚持到现在。

有朋友说，你修习瑜伽，也没怎么样啊？

我认为这是“外在结果论”，比起我现在结果如何，倒不如看看我从怎样的过去成为现在的自己。瑜伽，从来不在意让你成为谁，而是让你在过程中体验、创造、丰富，实现自己的价值。

愿瑜伽冥想也成为你的通路。

愿我们都能活出自我，享受生命。

图书在版编目（CIP）数据

冥想 : 日日静心的活法 / 梁龙蜀著 . — 北京 : 北京时代华文书局，2021.8
ISBN 978-7-5699-4309-2

Ⅰ . ①冥…　Ⅱ . ①梁…　Ⅲ . ①随笔—作品集—中国—当代　Ⅳ . ① I267.1

中国版本图书馆 CIP 数据核字（2021）第 147454 号

冥想：日日静心的活法

MINGXIANG RI RI JINGXIN DE HUOFA

著　　者 | 梁龙蜀

出 版 人 | 陈　涛
选题策划 | 陈丽杰
责任编辑 | 袁思远
执行编辑 | 高春玲
责任校对 | 陈冬梅
封面设计 | 程　慧
版式设计 | 段文辉
责任印制 | 訾　敬

出版发行 | 北京时代华文书局 http://www.bjsdsj.com.cn
北京市东城区安定门外大街 138 号皇城国际大厦 A 座 8 楼
邮编：100011　电话：010 - 64267120　64267397
印　　刷 | 三河市嘉科万达彩色印刷有限公司　　电话：0316-3156777
（如发现印装质量问题，请与印刷厂联系调换）
开　　本 | 880mm×1230mm　1/32　　印　　张 | 7.5　　字　　数 | 188 千字
版　　次 | 2022 年 6 月第 1 版　　印　　次 | 2022 年 6 月第 1 次印刷
书　　号 | ISBN 978-7-5699-4309-2
定　　价 | 47.00 元